魔性のαとナマイキΩ

-Be mine！sideR-

［下］

りょう　著

Illustration
MEGUM

エクレア文庫

CONTENTS

魔性のαとナマイキΩ
-Be mine！sideR-
［下］

人物紹介
零士 α
人気の若手実力派俳優。
バーでレキを見かけ、
興味を持つ。
レキ Ω
大学生。三兄弟の末っ子。
αを毛嫌いし、
βとワンナイトばかり
していたが…。
α 夏陽
レキの義兄。
Be mine!
Universe
爽 β
ソナタと交際中。
ナオト Ω
三兄弟の長男。
Ω ソナタ
三兄弟の次男。

魔性のαと
ナマイキΩ

-Be mine ! sideR-

[下]

【10.Birthday】

プレゼント…sideレキ

俺とあいつの関係ってなんだろう。
セフレ……その言葉じゃ片付かなくなってきている。

『お前に会いたいんだ』
喧嘩をして連絡を断っていたら、生放送の番組で呼び掛けられた。
人気俳優のスクープに、マスコミは大騒ぎ。

『大切な人』
『人生を共に歩みたい』
『特別な存在』
テレビに映る真剣な表情と優しい笑顔。
謝罪会見でも信じられない言葉が続き、呆然とするだけだった。

現実逃避したかったのに、零士が帰宅。モニターの通話のボタンを押すと、『ただいま』と陽気な声が聞こえてきた。
「鍵、忘れたのかよ」
『ごめんね。荷物がいっぱいで開けられないんだ』
そう言われ、重い体を引きずり、玄関前へ向かう。

『気が付いたら自分の中で特別な存在になっていました』
ロックを解除しながら、テレビで言われた言葉を思い返す。
『恥ずかしい事ばっかり言うなよ！　お前は外人か!?』

……よし、これで行こう。
「ありがとう」
零士はたくさんの紙袋とスーパーの袋を抱(かか)えていた。
「何、どうしたの。その大荷物は」
「レキへの誕生日プレゼント」
零れそうな笑顔で言われる。
「ど、どれ……」
「全部」
「これ、全部!?」
思わず大声を出してしまった。
少なくとも十袋以上ある。
「お前なぁ！　無駄遣いはやめろ」
「プレゼント、一つに選べなくて。無駄遣いじゃないよ。俺が買う事で売上になるし、売上が積み重なって利益になるんだ。社員の給料が上がればやる気も向上。良いアイデアや良い商品が生まれ、サービスの質も上がる。所謂(いわゆる)、その会社への投資なんだって」
今度は取引上手な営業マンみたいな口ぶりである。
「意味不明な理論を抜かすなっ！」
俺が呆れていると、零士は笑いながら靴を脱いだ。
すぐに会見の話になるかと思っていたのに……
『強要するつもりはないし焦らせるつもりもない』
『別に今まで通りでいい』
前に零士から言われた事があった。
……もしかして今のわざとか？
「体調は平気？　座って座って」
考え込んでいると、リビングの椅子(いす)に座らされた。
テーブルにたくさんの紙袋が置かれる。
「もう平気」

心配するならヤり過ぎんなよ。
でも恥ずかしいし、なんとなく言うのはやめておいた。

「喉カラカラ」
零士はそのままキッチンへ入った。
すれ違いざま、不意に甘い香りがする。
これは香水じゃなくて、零士の……
『もう一回だけ……』
ふと思い出してしまい、心臓が忙しなくなる。
冷蔵庫の扉を開き中を見てから、零士が振り向いた。
「レキも何か飲む？」
「……俺は平気」
なんでもないように答えたけれど、顔が熱い。
零士はゴクゴクと喉を鳴らし、お茶を飲み干した。濡れた唇が妙にやらしく感じる。
本当に発情期ってやつはやっかいだ。
――クソ。体が火照（ほて）ってきた。

「……そんなに可愛い顔されると困るんだけど。プレゼントは後にして、先にする？」
零士はそれを見逃さなかった。意味深な笑みを浮かべ、再度近付いてくる。
「す、するって何を！　明日はバイトだっての!!」
騒ぐ俺は完全無視。横に立ち、腰に手を回してきた。
「一回だけしよう」
弄（もてあそ）ぶように髪をすくわれ、耳にキスされてしまう。
「一回だけって、ァ……触るな」
零士と目が合って一気に体が熱くなる。

俺には零士のフェロモンは効かないはずなのに……

時期的に弱くなっているのか？

「可愛いね、レキ」

今度はおでこにキスされてしまい、ゴシゴシと腕で拭う。

また恥ずかしい事をして!!

「寝室行こうか？」

耳元に零士の吐息がかかった。

逃げ道を探し、紙袋を掴む。

「プ……プレゼント見たい」

他に何も思い付かず、上目遣いで零士を見た。

こんな可愛い振り、らしくないけれど。今、ヤッたら駄目な気がする。心も体も共々。

「レキのお願いなんて珍しいね。いいよ。先にプレゼントで」

零士は嬉しそうに笑い、中から箱を出し渡してきた。ほっとしながら、リボンをほどく。

「始めはこれ。レキ、絶対喜ぶよ」

出てきたのは意外な物だった。

「ミキサー？」

「そう。レキ、スタボ好きだろ？　これね、氷が砕けるんだって。コーヒーと生クリームとキャラメルがあれば、自宅で作れる。ココアとコーヒーでカフェモカ。フリーズドライのイチゴとバニラアイスを入れればパフェっぽいのもできる」

箱にはデザートの写真があった。

「ジューサーにもなるし、ホイップや微塵切りもできるのか。しかもミル機能付き」

箱の後ろの説明を読んでいると、零士が覗き込んできた。

「『見る』？　何を？」

「ミル機能って言うのは……ゴマをすり潰したり、茶葉やコーヒー豆を粉末にする機能」
「へぇ。そんな事できるのか。なんか凄いね」
「後ろ、読まなかったのかよ」
　感心した様子の零士に突っ込む。
「この表面の写真で一発買いだった」
「……まんまと騙されてんじゃねぇか。ちゃんと読め」
　笑っていると、零士は大きな紙袋を手に取った。
「次はこれ。卓上フライヤーと手巻き寿司セット」
　箱にはカラフルな食材とパーティーの写真。それを見て、思わず吹き出す。
「は、はは！　食い物系ばっかじゃん！　お前が食べたいだけだろ。くくっ」
「うん。一緒に作ろう」
　腹を抱えて笑うと、零士も釣られ笑いをしていた。

「勿論、普通のプレゼントもあるよ」
　今度は少し洒落た細い紙袋だ。繊細で綺麗な模様に見入っていると、零士が俺の前で跪いた。
　差し出されたのは赤い一本のバラ。
　男にバラかよ……
　確か色や本数で意味が変わるんだよな。ソナ兄が前にどうのこうの言っていた気がする。

「俺の気持ち」
　なんだ、その格好とクサイ台詞は。
「外人かよ。気障な事ばかりしやがって」
　動揺しているなんて悟られたくない。

できるだけ余裕な感じで返した。
「一応クォーターなんだ。ミステリアスを売りにしたいっていう社長の方針でプロフィールには入れてないけど」
零士の言葉に驚く。
「クォーターってハーフの子ども？」
「そう。父方の祖父がロシア人で、ニューヨークに住んでる」
珍しい髪色も、背がやたら高いのも、スキンシップ過多も、英語ペラペラなのも、それでか。
一人で納得していると、零士は鞄(かばん)の中を探っていた。

「あと、これも」
手の平に乗せられたのは小さな四つ葉のクローバーだった。キーホルダーとかアクセサリーではなく、本物だ。
「四つ葉……」
「見つけるの、苦労したんだ」
「お前が？　草むらで？」
「全然見つからなくて三つ葉ばかり。探しても出てきやしない。……しかも聞いてくれ。警官に職務質問(ショクシツ)かけられた」
零士の言葉に吹き出す。
「嘘だろ!?　マジで!?　あは、はっ……どんだけヤバい形相で探してたんだよ。なんて言われたの!?」
「怪訝そうな顔で『何されてるんですか？』って聞かれたから、『四つ葉のクローバーを探しています』って答えたら、可哀想なものを見る目で見られた」
少し落ち込んだ口調を聞いて、益々可笑(おか)しくなる。
「ぶ……ハハッ！　そんなサラリーマンの格好で四つ葉探してたら、憐(あわ)れみの目で見られるよな。くくくっ！　は、腹痛い」
想像しただけで笑える。

「あまり笑うなよ。我慢してるんだから。それとも誘ってる？」
　笑われて悔しかったのか、零士が肩を抱いてきた。
「誘ってねぇし！　しょ、職質……ふ、ふッ」
　とりあえず『我慢』に関してはスルー。
「まぁ、確かに笑える。警官に話しかけられると、何も悪い事してないのに緊張するよね」
「ははっ！　お前も緊張とかすんのか！」
　ツボに入ってしまい、うけていると零士が目を細めた。
「はぁー。笑い過ぎた！　……何」
　じっと見られていた事に気付き、途端に居心地が悪くなる。
「笑ってる顔、可愛い」
　その言葉に呆れる。
「阿保か！」
　頭の中、お花畑か？
　人をからかうのが趣味だなんて、質が悪い。
「知ってる？　クローバーには二つ意味があるんだ」
「意味？　『幸福』じゃないの？」
「バラもそうだけど……後で調べてみて」
　零士が意味ありげに微笑む。

「そういえば誕生日まであと数時間あるけど……」
　ラッピングされたプレゼントを渡してくる零士に、突っ込む。
「あと数時間だし。早く渡したくて。なんだと思う？」
　触った感じだと……
「本？」
「うん。見て」
　中から本を取り出す。
「あ！　これ、映画の!?」

つい最近見た映画のタイトルだった。
「そう。原作読んでみたいって言ってただろ？　読み終わったら、俺にも貸して」
「……分かった」
一言、『原作も気になる』って何気なく言っただけだったのに。覚えていたのか。

「次はゲーム」
「また三つも買って」
貢ぎ魔に困りつつ、ソフトをチラ見。
欲しかったやつだ……
「あとはワイシャツとネクタイとタイピン」
山積みになった箱を見て、溜息をつく。
「こんなにたくさん……」
いくら芸能人っていっても金銭感覚なさ過ぎ。
「もうすぐ就職活動(しゅうかつ)だろ？　本当はスーツを贈りたかったんだけど、絶対に遠慮するから、これでも抑えたんだ」
ドヤ顔の零士を見て、開いた口が塞がらない。
どこが抑えてるんだ。さっきの電化製品、本、ゲームの事、忘れてねぇぞ。
シャツ類も全部、ブランド物だし。
「こっちも開けて」
言われるまま包装紙を剥(は)がす。
ネクタイは濃紺でシンプルなものだった。
そういえば、なんかの映画で見たぞ。ネクタイは確か……
『あなたに夢中』
『縛りたい』
『束縛したい』

そういう意味があったような。いやいや、そうとは限らないが。
見透かすように手を握られた。
「ネクタイを贈る意味、知ってる？」
その言葉にギクッとする。
「……知らん」
無愛想に答えてやったつもりなのに……
「レキは嘘が下手だな」
あっさり見破られ、頭をくしゃくしゃと撫でられた。
嘘が下手？　嘘つきの俺が……？
――零士は分かって買ったのか。
深読みしたら、頬が熱くなる。
「そんな顔するなよ。襲われたいの？」
赤くなったであろう頬を撫でられる。
「離せ」
零士の手を払った。

「こ、こっちは、タイピンか……」
慌てて次の箱を開ける。
形はシンプル。後ろを見ると、鮮やかなオリーブグリーンの石が嵌め込まれているのに気が付く。
目映く光るタイピンを手に取った。
「……これ」
「ペリドット。レキの誕生石だよ。表に付けると普段使い、できないかな……と思って。誕生石は身に付けるとお守りになるらしい。就職してからも使ってね」
ペリドット……
昔、母さんに教えてもらった事がある。
石言葉は『運命の絆』『平和』『幸福』『安心』。悲しみや苦しみを和らげ、トラウマを癒すと言われている。
　ちょうど荒れていた時期。怪我ばかりしていた俺に、母さんがお守り代わりにと、小さなペリドットをくれた。
　パワーストーンなんて。そう思う気持ちもあったが……
『辛いのはいつか無くなる』
　そう言われたようで、実は大事にしていた。
　零士はただ単に誕生石だから入れただけかもしれないけれど……
　過去を知っている零士。なんとなく意味を知っている気がした。

　説明書らしき紙が落ち、拾い上げた。
【プラチナの取り扱いについて】
　それを読み、目が点になる。
　プラチナ!?　……って結婚指輪とかに使われるやつ？
「これ！　いくらした!?」
　焦って零士の腕を掴んだ。
「野暮だなぁ……プレゼントの値段なんて聞くなよ」
「お、お前！　これ!!」
　焦ってなかなか言葉にならない。
「大丈夫。ペリドットは高価な石じゃないから心配しないで」
　宥めるように優しく言われる。
「違う！　周り、プラチナなのか？　シルバーかと……大学生に高価なプレゼントはよせ。こんなに高い物、受け取れない」
　タイピンと説明書をテーブルに置く。
「レキに似合うと思って選んだんだ。石、入れちゃったから、返品できないし……デザイン、気に入らない？」
　零士が少し寂しそうに話した。
　その顔は卑怯だぞ……
「デザインは好きだけど」

「全部、レキの事を考えて悩みながら選んだんだよ。『受け取れない』なんて言わないで」

テーブルの上には開けたプレゼントの山。大量の包装紙と紙袋。スーパーの袋には、多分、コーヒーデザート、天ぷら、手巻き寿司の材料。
悲しそうな零士に負けて全部、受け取る事になったのは……俺の中の変化かもしれない。

プレゼント…side零士

……レキ、可愛かったな。『もう無理』って涙目になりながら、可愛い顔しちゃって。
思い出すだけで……
いけないいけない。ここはまだ控室。
忙しそうに片付けをするスタッフに目を移す。
レキは会見、見てくれたかな。
『恥ずかしい事ばかり言うなよ』って怒る？　でも仕方ないよ。本心だから。

会見を済ませた後、いくつかの仕事を終え、石入れを頼んでおいたタイピンを受け取りに行った。
タイピンだと珍しいが、インザストーンは婚約指輪の裏側に入れる定番。ペリドットは、過去を癒しトラウマを乗り越える力を持つと言われている。
いつか本当に辛かった過去が『過去』になるように。願う事位しかできないけれど……
石が持つもう一つの意味は『運命の絆』。俺の願望でもある。
車に戻り、プレゼントを助手席に置く。
ネクタイには『束縛したい』、時計には『同じ時間を刻みたい』とのメッセージを含む。
レキに教えたら照れるだろうな……
時計は日付が変わった瞬間にあげたい。
……喜んでくれますように。

誰かの誕生日で悩むなんて初めて。でも、それさえも楽しい。

ムードも欲しくて、花屋にも立ち寄った。その店には色々な場所に花言葉のポップが貼られている。
色とりどりの花の中。選んだのは……
「赤いバラを一本ください」
赤は告白やプロポーズに使われる『愛』の色。本数で意味が変わり、一本だと『あなただけ』という意味。花束だとレキが困りそうだし、ピッタリ。
ラッピングを待っている間、もう一つポップを見つけた。
【Clover……Happiness、Be mine】
『幸福』は有名なイメージ。
『俺のものになって』という意味もあるのか。
見回すが、クローバーは売っていないようで、メッセージカードやシールなどにモチーフが描かれているだけ。
帰りに公園に寄ってみよう。

＊　＊　＊

帰宅後、レキは挙動不審だった。
本当は謝罪会見の事を聞いてみたかったけれど……
レキと全然目が合わない。端々(はしばし)から緊張が伝わる。
彷徨(さまよ)う視線。動揺している顔。口数も変に多い。
少しは意識した……？
「一回だけしよう」
やわらかい髪をすくい耳を食(は)むと、レキの頬が赤く染まる。
迫ろうとしたら「プレゼントを見たい」と逃げられた。上目遣いで強請(ねだ)られ、必死な様子。折れてあげる事にした。
雰囲気を変える為、職質の話をすると、今度は大爆笑。無防備な笑顔にキュンとしながら、プレゼントを渡す。予想通り量に戸惑い困った顔をしていたけれど、返されたりしなかった。

照れている様子を見ているだけで、満たされてくる。
焦る事はない。
誕生日を一緒に祝える。今はそれだけで充分だ。
後は時計。日付が変わるまであと少し……

引っ張ってソファに移動。押し倒したら、レキが俺の腕を掴んできた。潤んだ瞳を見て、生唾（なまつば）を飲み込む。
頬に軽くキスすると、レキは俺の肩を押してきた。
「め、飯は!?」
「後で……」
テキパキと服を脱がす。
「俺、腹減ってんだけど!?　って、おい！　脱がすな！」
「二回だけ」
「増えてる！　明日はバイトだから！　ちょ、やめ……ま、待てよ！　ん……」
細い腰を抱きしめる。
「プレゼントを開けている間、待ったよ」
「馬鹿っ。触るな。ぁ……ア……」
床には無造作に脱がした服が散らかっている。

体中にキスをして涙目で抵抗するレキを優しく揺さぶった。ここ二日間、何度もしたせいか、触れただけで甘い香りが広がる。
やだやだ言っていたのに、レキは挿れた途端、大人しくなった。
それは許されているような……
不思議な高揚感に変わる。
「ん……はぁ……ァ、あぁっ」

　必死に声を抑えようと頑張っている。その様子がいじらしい。
　首にキスするとレキの体がビクビクと震えた。
「く、首、ぅ……ッ、あ!!」
　首輪の少し上を甘噛みすると、中が締まりジワリと欲が溢れた。達したレキは蕩(とろ)けそうな顔をしていて堪らない。
「……首噛まれると気持ちいい？」
「ち、違！　ャ、やっ！」
　甘い声を聞いたら我慢できない。奥を攻めながら、もう一度首に歯を当てる。
「でも……ほら。こうすると——」
　優しく噛むと、全身が赤みを帯(お)びる。
「——ッ!!」
　不意にレキが抱きついてきた。
「や、ヤダっ！」
　……もう本当に可愛過ぎる。
「あ、待っ！　……ッ。んん！」
　腰を掴み、中をゆっくり探る。体を弓なりに反らし快感に抗(あらが)うレキに、一カ所二カ所とキスマークを付けていく。
「見えるとこに、はぁはぁ。痕(あと)付けんなよ！　ん……明日、バイトだから激しいのも駄目ッ！」
　聞こえなかった振りして、ワイシャツで隠れるかどうかの際どいラインに口付けた。唇を離すと、俺の付けた痕が赤く残る。

『俺のもの』だって印(しるし)を付けたい……
　お前を狙っているαに見せつけたい……

　レキの前だと、αの性が目を覚ます。
　会えなかった間は『側にいられるだけでいい』『何も望まない』

と思っていたのに、欲が出てしまった。

＊　＊　＊

「散々ヤッたくせに。何回やりゃ気が済むんだ。キスマークも付けるなって言ってるだろ！　明日はバイトだっての!!」
　レキは赤い顔をして怒っている。
　首に付けた痕は三つ。
　レキより背の高い男は多分見えるだろう。
「ごめん。レキが可愛くて。体が勝手に……」
「『可愛い』って言うな！　変な言い訳はやめろ」
「言い訳じゃないよ。本当に可愛いって思ってる。ご飯は？　お腹空いた？」
「話逸らしてんじゃねぇ」
　レキは怒っているけど、ふらふらしていて今にも寝落ちそう。
「何か食べる？」
「眠い」
　レキは目を擦ってから欠伸(あくび)をした。
「じゃあ、せめてリィダーインゼリーでも」
「……それでいい」

　栄養補助ゼリーを持って戻ると、レキは半分ウトウトしていた。
「少しでいいから飲んで」
　ゼリーを口元に持っていくと、レキは口を開いた。
　飲んでいる最中も眠そう。
「レキ。もうすぐ日付が変わるよ……」
　ベッドの下に置いておいた箱を取り出す。

『同じ時間を過ごしたい』思いを込めて選んだプレゼント。
　レキの手首に腕時計を付ける。
「誕生日おめでとう」
　そう伝えるとレキは目を閉じた。昨日から無理ばかりさせていたから、限界だったのだろう。
　時計の箱をヘッドボードに置いてから、すやすやと幸せそうに眠るレキを見つめる。

　好きだよ……
　眠るレキにそっと口づけた。

　毎年、こうやってレキの誕生日を祝いたい……
　ベッドに入り、レキを抱きしめた。

＊　＊　＊

　楽しみで早く起きてしまった。
『Délicieuse pâtisserie』のスタッフが体調不良により欠勤続出。店長も困っていたので、手伝いを申し出た。
　レキと一緒にバイト……
　不謹慎な俺は浮かれていた。

　手巻き寿司セットに入っていた『色どり海苔（のり）巻きの作り方』の冊子を見ながら、準備をする。
　まずは一般的な物。きゅうり、卵、かんぴょう、カニかまぼこを入れるが、海苔が開いてしまった。酢飯を入れ過ぎたのだろうか。
　上から海苔を足しても緩かったようで、切るとボロボロになり、中身が出てきた。

次は花の形になる海苔巻き。桜でんぶと青しそふりかけを混ぜ、ご飯に色を付け、ピンクと緑色にする。本を見ながらシーチキン、卵を順に入れた。
今度は量を減らして細めに作ってみた。こっちはやり方を見て完璧のはずなのに、完成したものは花の模様ではなく……
「アメーバ？」
俺の後ろにはレキが立っていた。
「おはよう。体は平気？　バイト行けそう？」
「気にするならヤるの控えろよ。本当に二回もしやがって……はは。これはなんの形？　あーあ。こっちはバラバラ事件……」
残念な海苔巻きを見て、肩を揺らしている。
「花」
「巻きすは使った？」
「どれ？」
「巻きすだれ。海苔を巻くときに使うやつ。なんだ。使ってないのか。使うと上手く巻けるよ」
レキが箱の絵を指さす。
「使い方教えて」
「じゃあ、一緒に作ろう。面白いな……アーパンマンとかドラいもんも作れるらしいぞ」

二人で海鮮巻きやキャラ巻きも作ってみた。
切ると本当に顔になっている。
売り物のような出来に感心してしまう。
「レキは器用だな。食べるの勿体(もったい)ない」
「手巻きも作ろう。ネギトロに黄金いか、いくらも旨そう！」

上機嫌で手巻きや海苔巻きを頬張るレキを見つめた。

「なんだよ。ジロジロ見るな」
「付いてるよ」
　レキの頬に付いていたご飯つぶを見つけ、顔を近付けた。そのまま直接食べる。
「お前なぁ、口で言え！　つーか、指で取れ!!」
　慌てるレキが可愛くて抱きしめた。
「やめろ！　俺、手、ベタベタなんだ。押し退けられないだろ！」
「温かいな、レキは」
「離せ！　朝からやめろってば！　この部屋、クーラー効き過ぎなんだよ。まさか、また盛る気じゃ……絶対にやめろよ！　今日は昼からバイト!!」
　必死に話すレキが面白い。
　黙ったまま、ずっと抱きしめていた。

「二人でバイト、オフィスラブっぽいね」
　レキの顎を上げると、ペシッと払われた。
「ラブじゃねぇし」
「少し早く店に行ってもいい？　メニューとか前と変わってるものもあるだろうし」
　やるなら迷惑を掛けずに働きたい。
　メニューは覚えたが、少し心配で提案する。
「せっかくの休みなのに、本当にいいのか」
　申し訳ないと思っているのだろう。
　窺うような表情に笑顔を返す。
「勿論。お礼は夜に貰うから……」
　意味深な言葉を返しておく。
「……何を」
「言わせるの？　レキのエッチ」

浮かれた口調で言うと、レキは呆れ顔。

洗い物を始めようとしたら、レキが俺の服を引っ張ってきた。
「零士、プレゼント……」
「うん？」
「時計も」
また『困る』って言われるのかな。
「……ありがとう」
レキは耳まで赤くなっている。
『レキの為に選んだ』
昨日、そう伝えたから……？
「また、そんな可愛い顔して。俺の理性、試してるの？」
そう聞いて迫ると——
「俺、リビング片付けてくる！」
レキは凄い勢いで走って逃げてしまった。

牽制

俺がバイト先にいると、客やスタッフの一部が途端に嫌な顔をした。要注意人物はレキと同じ大学の後輩。レキが父親の交通事故でバイトを休んでいた時に、理由を教えてくれなかった奴だ。名前は進。面白くない事に、レキとそこそこ仲が良い。

「キスマーク付けるとか大人のやる事ですか？」
　レキがお客さんの対応をしている時、苛（いら）ついた口調で進が話しかけてきた。
　もう見つけたのか。
「……見えない場所に付けたつもりだったんだけど」
　しれっと言っておく。
　首元ギリギリのライン。レキより背の高い奴だけが気が付く。俺の牽制の印。
「チッ……隠す気ゼロですか。仕事でヘマしたら速攻で追い出しますから！」
　進は料理を運ぶ為、キッチンへ入って行った。
　俺への嫌悪感。レキ狙いなのは、明らかだった。

「レキさん、エプロンが曲がってますよ。俺が直してあげます」
　進がレキに手を伸ばしている。
　――させるか。
「いや。自分で」
　レキが答えている途中で肩を抱いた。
「俺が直してあげる」
　にっこりと微笑む。

大体、αなのに恋人がいるって聞いても引かないのはおかしい。αだからではなく、本気だという可能性もある。
「……零士。近い」
レキは焦っているけれど、今日は遠慮する気にはなれない。
黙ったままエプロンの紐(ひも)をほどいた。
「店内でイチャイチャしないでください！」
進は怒りながらレジに入って行った。
レキにはその気はない。断っているし、相手にもしていないが。
やっぱりモテ過ぎて心配になる。モヤモヤしながら、いつも以上に距離を詰めた。
「お、おい。くっつきすぎ。大体なんで前から……まだかよ。いつまで直してんだ！」
向かい合って、後ろの紐を直す。
「ごめんね。結び目が固くて」
レキの照れている顔を見ていたくて、紐を直す振りを続けた。

『あまり他の男と仲良くしないで』
さりげなく伝えておこう。
レキが好きだから嫉妬する、残念ながら避けられない。
前みたいに酷く当たったりしたくないのに、目の前で見たら我慢する自信もない。
「なるべくヤキモチ妬きたくないけど、やっぱり妬ける」
じっと見つめると、目を逸らされた。

「優しい人よね。店が大変な時に一緒に手伝ってくれるとか！」
「さっき、イチャついてたでしょ！」
「エプロン直してもらってただけです」

オーダーから戻ると、レキがパートさん達にからかわれていた。
「またまたぁ～！」
「若いっていいわね～」
レキは物凄く嫌そうな顔をしていて、笑ってしまう。
「楽しそうですね」
遠慮せず、その場に乗り込んだ。
「あなたの話をしてたのよ」
「レキくんとお似合いって、皆で言ってたところ」
「……本当ですか？」
嬉しい台詞が返ってきて、素(す)で笑ってしまった。

「いらっしゃいませ」
入店の案内に行くと、少し面倒な事になった。
「お願いします！　連絡先を教えてください！」
「申し訳ございませんが……」
「一目惚れなんです！」
多分、αの女子高生。あまりの押しの強さに困ってしまう。
俺の手を握り、涙目で見つめてきた。
フェロモンに強いらしく、かなり触っているが全然変化なし。
お店の評判や信用に関わるから、邪険にもできないし……
断っていると、レキと進が何かを話していた。
進にとってはライバルを蹴落とすチャンス。色々と言われているのかもしれない。

「すみません。恋人がいるので」
「私、二番でもいいです！　デートしてください」
はっきり伝えたら、今度はうるうると涙目。

αでこういうタイプは珍しい。
「きゃっ！」
その子が突然抱きついてきた。
「ごめんなさい。よろけちゃって」
「……いえ」
参ったな……

「ほらほら。行って来なさいってば！」
パートさん達の声に目線を移す。
押されるようにして、おずおずとレキがその場に来た。
「すみません、お客様。彼はまだ仕事があるので」
遠慮がちに伝えるレキ。
……信じられない。助けに来てくれるなんて。いくらパートさん達に言われたからって。
「関係ない人は引っ込んでてよ。せめて電話番号だけでも！」
レキが来ても、その子の勢いは止まらない。
ここはレキの肩を抱いて穏便に……

突然、レキが腕にくっついてきて、ドキッとする。
そして、この後の一言に衝撃を受ける事となる。
「俺の……なんです……」
一応、付き合っている設定。この店で俺はレキの彼氏。
それでも予想外の行動に何も言葉が出てこなかった。

混乱

　腕を引っ張られ、レキと目が合う。
　いつも触ったり手を伸ばすのは、俺の方だったのに……
　混乱も手伝い、思わず抱きしめてしまった。
　俺の為にレキが動いてくれた。それだけで、特別って言われているようで堪らない。
「ば……馬鹿！　何しやがる！」
　慌てるレキの背中を撫でた。
『俺のなんです』
　思い出すだけで、口元が緩む。
「……嘘みたい。ヤキモチ？」
「んな訳ねぇだろ!!」
　十中八九、パートさん達に言われて仕方なくだと思うが……
　以前のレキなら言われたからって手助けなんかしなかった。
「違う！　ヤキモチなんて妬いてねぇ」
「また、そんな可愛い顔をして」
　レキの唇が目に入る。
　……キスしたら怒るかな。
　逃げる腰を引き寄せ、頬に手を添えた。

　レキの好きな顔はたくさんある。楽しそうな顔。嬉しそうな顔。喜んでいる顔。中でも笑顔と照れた顔は格別。
『ヤキモチじゃない』ときっぱり言われたけれど。
　どうしよう。レキが可愛い……
　キスなんてバイト先でしてみろ。多分、出禁じゃ済まないぞ。しばらく会えなくなる。ちゃんとリスクを考えて……

「離せってば」
　グイグイと胸を押される。レキは見た事がない位、真っ赤な顔をしていた。
　良い大人は仕事先ではキスしない。なんとか自分を戒める。それでも離れ難くて、手を離せずにいた。

　——抗えない。
　目が合っただけで。
　触れているだけで。
　まるで初恋みたいに痺れている。

「バイト先でイチャつくとか、何考えてるんですか。さっさと仕事してください」
　進に突っ込まれ、振り向く。
　いつの間にかαの女子高生はいなくなっていた。
　手が緩んだ隙に、レキは逃げてしまった。
　でも良かったかもしれない。キスして避けられたり、また距離ができるよりも。
「聞いてますか!?　店ではレキさんに触らないで下さい！」
「無理」
　進に怒られ、とびっきりの笑顔を作る。
「は!?　今、『無理』って言いました!?」
「だって、あんなに可愛いの、無理……」
　さっきのレキを思い出すと、自然とニヤけてしまう。
「話になりません！」
　進も呆れて行ってしまった。

「レキ」
　グラスを拭いているレキの隣に立つ。
「……なんだよ。こっちに来るな。オーダーなかったら、テーブルの片付けをして」
　レキは振り向かず早口で話した。
　怒っているというよりは気まずそう。
「ごめん、さっきは。でも……レキ、可愛過ぎ」
「お、お前なぁ……」
　戸惑う様子のレキに一歩近寄り、周りを確認する。ここは壁が死角になっていて、客席からは見えない。
「さっき我慢したからご褒美ちょうだい」
　手を引っ張って頬にキスをした。
「――!?　お前！　な、にを!!」
「可愛い顔しちゃ駄目って教えてあげたのに」
　わざとらしく溜息をつく。
「いや、意味分からん！　ふざけんなよ、何が我慢だ！」
　レキは頬を押さえて吠えていた。

　視線を感じ、振り向く。そこには進の姿があった。
　見られていたのか……
「すみませーん」
「はーい」
　お客さんに呼ばれて明るく返事を返す。
「逃げる気か！」
「オーダー呼ばれてるから、行かないと」
「この野郎、覚えとけよ！」
　納得いかない様子のレキを置いて、ホールへ戻った。
　すれ違い様(ざま)、進に睨(にら)まれる。素知らぬ顔をして通り過ぎた。

＊　＊　＊

その日もかなり混んでいた。ずっと満席が続き、お昼時を超えても大混雑。いまだに入店待ちは二十組以上。列も続いている。
「あ！　零士さん！　こんにちは～」
次に入る予定の女子高生二人組が来た。
「レキさん。彼氏と同伴出勤とかやりますね！」
「今日も零士さん目当てで店、激混みだったって聞きましたよ」
まりちゃんとみくちゃんは終始ニマニマしている。
「人が少ないから仕方なく……」
レキが小さい声で答えた。
「グループライム、めっちゃ大騒ぎになってましたよ。レキさんがヤキモチ妬いたとか……店内のド真ん中で抱き合ってたとか！　その場で見られなくて残念!!」
その言葉を聞いて、レキは俯（うつむ）いた。
「わー！　レキさん、真っ赤。可愛い～」
「男に可愛いって言うなよ」
その言葉が気になり、レキの表情を盗み見る。
「レキさんの照れ顔、初めて見たかも」
「確かに。ナンパしてくる相手をあしらうのも上手だし、いつも冷静でナイフみたいにスパスパ切るのに」
「……時間だろ。着替えてきたら？」
レキが面倒くさそうに呟く。
「あー！　逃げた。やだ。レキさんってば、恋すると可愛くなっちゃうんですね～」
「時間！」
強めの口調に笑ってしまう。

「はいはい。もう照れ屋さんなんだから～！」
　二人は中に入っていった。
　確かに始めの頃からは考えられない。
　バイト先を教えてくれたり頼ってくれたり……

＊　＊　＊

「レキくん。零士くん。そろそろ上がって。ありがとうね」
　店長に言われ、振り向いた。
「まだ、だいぶ混んでますよ。もう少しなら大丈夫ですけど」
　レキが心配そうに話している。
「三十分後にもう一人来るし、進くんも休憩終わるから平気だよ。混んでたし疲れたでしょ。今日はお休みだったのに、本当にごめんね。凄く助かったよ。零士くんもありがとう」
　店長がお礼を伝えてくれた。
「また何かあったら声をかけてください」
　自然と笑顔になる。
　俺的には牽制もバッチリできて、楽しかっただけだし。
「休んで迷惑を掛けていたので、力になれて良かったです」
　レキは店長に話した後、俺の方を向いた。
「……零士、ありがとう」
　レキの上目遣いにキュンとしてしまう。

　悶えていたら、店長からメニューを渡された。
「良かったら、何か食べていって。好きな物を奢るよ」
「この後、食事に行く予定なので、このまま帰ります」
　レキは軽く頭を下げた。
「デートかい？　そうか。今日、誕生日だもんね。ごめんね。誕生

日に仕事を頼んで。じゃあ、せめて飲み物と焼き菓子だけでも」
「えっと……その……」
しどろもどろ話すレキに、店長はフィナンシェやクッキーを手渡している。
「零士。先に着替えてて。俺、飲み物作ってくる。何がいい？」
「レキと同じでいいよ」

先にスタッフルームへ行くと、休憩中の進がいた。
「お疲れ様です。もう来ないでくださいね」
ジロリと睨まれる。
「……随分な言い方だな」
「大体！　店でキスとかキスマーク付けて一緒に出勤とか、どういう神経してるんですか！」
「……見てたの？」
頬へのキス。食い入るように進は見ていた。
「わざと見せたくせに。大人のくせにやり方が汚いです」
「はは……やっぱり心配なんだよ。レキはモテるし可愛いから」
その時のレキを思い出して、思わず笑ってしまう。
「なんですか！　俺に惚気(のろけ)ないでください！」
心底、嫌そうな顔……
少し話をしているとレキが戻ってきた。
「キャラメルマキアートにした」
テーブルに二つのカップを置く。
「美味しそう」
部屋に甘い香りが漂う。
「キャラメル？　いつもブレンドかエスプレッソなのに」
進が驚きながら、覗き込む。
「零士。本当は俺と同じくらい甘党なんだよ。普段は単に格好つけてるだけ」
　レキが着替えを取りながら話した。
「ここのコーヒーはブラックでも美味しいよ」
　そう答えると、進が面白くなさそうに溜息をついた。
　レキをじっと見たら、プイッと目を逸らされる。
「真っ赤……」
　独り言のように呟くと、振り向いたレキにキャラメルマキアートを取り上げられた。
「ふざけんな！　いい加減にしろ」
「ははっ。ごめん。謝るから、コーヒー返して」
　可愛い仕返しに笑ってしまう。
　そんなやり取りをしていたら、音を立てて進が席を立った。
「好みも知り尽くしていてピッタリですか！　本当にもう……！俺、休憩終わりなので、もう戻ります。スタッフルームでイチャつかないでくださいね！」
　進は怒りながら出て行った。

バイト…sideレキ

「いらっしゃいませ」
　零士が笑顔で言うと、入店待ちの客が赤くなった。周りの客も色めき立っている。
　集まる視線。浮足立つ店内。モテるのは知っていたけれど……

「カルボナーラのＢセットで紅茶のシフォンケーキください」
「お飲み物はいかが致しますか？」
　零士が客に聞く。
　背高いしスタイルが良いから、ワイシャツにエプロンでも格好良く見えるな……
「ウィンナーコーヒーってなんですか？」
「生クリームを浮かべたコーヒーでございます」
「美味しそう！　では、それで」
「かしこまりました」
　オーダーを取る姿も様になっている。

「こっちのＡランチにドリンク足したら、レディースセットとどっちが安いですか？」
　流石(さすが)に値段は。そう思い助けに入ろうとすると——
「レディースセットの方がサラダもついて、お値段がお得です」
　零士はにっこり笑顔で説明している。
　まさか値段も全部、覚えているのか。
「そっちにします。甘めの……キャラメルが入ってるコーヒーはありますか？」
「キャラメルマキアート、キャラメルラテ、フローズンキャラメル

コーヒーがございます。フローズンはセット料金以外にプラス150円かかります」

完璧すぎる返答にひたすら驚く。

「マキアートとラテは何が違うんですか？」

「シロップの種類が違います。キャラメルマキアートはバニラシロップとミルクがベースで——」

こっそり聞いていると、文句のつけようがない模範解答。凄いな。本当にカフェ店員みたいだ。

「サバランはブリオッシュというパン生地に洋酒を含ませ、生クリームを挟んだケーキでございます」

今度はショーケース前で客に聞かれ、ラム酒やアルコール度数まで説明している。

話には聞いていたが、仕事ぶりが完璧過ぎる。

「レキさん。彼氏と出勤ってどういう事ですか！」

ぼんやりしていると、年下で同じ大学の進が寄ってきた。

「人がいないって言うから店長に頼まれて……」

「店長！　部外者入れるなんて！」

今度は店長に捲くし立てている。

「いやー。今日も完璧だよね。部外者じゃないよ。正式な短期バイト。契約済み」

「あの人、仕事は⁉　なんの仕事してるか知らないけど、ダブルワークなんて駄目に決まってるでしょ！」

「副業ＯＫなんだって」

店長は騒ぐ進を宥めている。

芸能人だとは言っていないはず。なんて説明したのだろう。事務所で仕事をしているとか……？

「いくら人がいないからって!!」
にこにこ顔の店長に進が噛みつく。
「今日は混みそうだったし」
「なんなんですか、あの人。恋人のバイト先に来るとか！　非常識極まりないです！」
うん、それは。俺もそう思うけれど。

「レキさん。エプロンが曲がってます。俺が直してあげます」
進に指摘されて、後ろを見てみる。
「いや。自分で……」
答えている最中に不意に肩を抱かれた。
「俺がやってあげる」
邪魔するように割って入ったのは零士だった。
やめろよ。こういうの。
いつもより低い声。嫉妬しているような態度に見えてしまい、身の置き場がなくなる。
進がいなくなった後、零士は手を伸ばしてきた。
「進と仲良いんだね……」
紐を直しながら突然言われた言葉に焦る。近距離で見つめられて目を逸らした。
ま、まずい。顔が熱い……
黙っていると、オーダーで呼ばれ零士は行ってしまった。

「レキくん！」
今度はパートさん二人に囲まれる。小林さんと佐藤さんだ。
「な、なんですか……」
嫌な予感しかしない。
「彼氏、格好良いわね〜」

め、面倒くせぇ！
「オーダー、完璧でビックリしたよ。私達よりカフェ店員っぽい！26歳だっけ？」
「そうです……」
二人はニヤニヤしている。
嫌だなぁ。絡まないで欲しい。
生暖かすぎる目線に項垂れる。

そうこうしているうちに、零士が戻ってきた。
「レキくんとお似合いって、皆で言ってたところ」
「嬉しいです」
佐藤さんの言葉に、零士がそっと笑った。
……何を緩んだ顔をしてやがる。
『お似合い』そんな世辞が嬉しいのか。

「すみませーん」
店は相変わらず忙しい。
客の声に零士が振り向いた。
「はい！　オーダー呼ばれたので行ってきます」
零士はまた行ってしまった。
「ちょっと！　今の見た～⁉」
「イケメンの笑顔！　破壊力高過ぎ！」
パートさん達は大騒ぎ。
「人様の彼氏なのに、ときめいちゃったわ～」
「愛されてるのね。レキくん」
「べ、別に」
『愛』？　本当にやめて。

あっという間に満席。中の人数が足りていないから料理やデザート、飲み物が出てこない。伝票を見ると、特にパフェやケーキ、デザートが遅れている。
「店長、満席なのでデザートに入りましょうか？」
「助かるよ！　ホール大変になったら、すぐに声をかけて」
店長はフロアスタッフに指示を出している。
「レキ。中もできるんだ」
零士が驚いて声をかけてきた。
「元々キッチンで入ったんだけど、人がいなくてフロア担当になったんだ。だから久し振り」

冷蔵庫とストッカーを確認。材料を取り出し、急いでパフェを作り始める。
最初はチョコレートバナナパフェ、抹茶のパフェ……
作り方を確認しながら、グラスに生クリームを絞り入れる。
「シーフードドリア、お待たせ！」
「Ｂ７のお客様から『料理が遅い』と注意を受けました」
「すみません。すぐ出します!!」
「シーザーサラダとコブサラダ、追加で入ります」
「ポテト遅れてるよ！」
「あと一分半です！」
依然、キッチンは大混乱。とりあえず溜まっていたデザート伝票を見ながら順に出していく。

「レキくん！　ある程度回ったら、サラダもお願いできる？」
「はい」

＊　＊　＊

少し落ち着いてきたようだ。
ストックの準備をしているとキッチンのメンバーが話し始めた。
「ようやく落ち着いてきたね」
「激混み！」
「疲れた……」
「ねぇ、零士様の会見、見た？」
ドキッとして、危なく皿をひっくり返しそうになった。
「勿論！　素敵だったよね」
「あれってプロポーズ？」
「相手の名前って何だっけ」
「最初に言ってたのに、私も思い出せないの」
「気になってネットで調べたんだけど、どんなに検索しても出てこなくて」
テレビの話題になり、ヒヤヒヤしながら耳を傾ける。

「そういえばさ……零士様とレキくんの彼氏、似てない？」
――――!!
キッチンの人達の目が、一気に集まる。
「確かに。目元が！」
「しかも名前も同じ……」
「もしかして彼氏が零士様だったりして!!」
どうしよう！　やっぱりバイト、頼むべきじゃなかった！　なんて誤魔化せば。騒ぎになったりしたら――
「ないない！」
カラカラと店長が笑う。
「似てるけど、別人」
続いて社員が言う。

「レキさんの彼氏の方が気取ってます。すぐイチャイチャするし、駄目な大人の典型。オーラが違う」
おまけに進も話に入ってきた。
「それ、嫉妬？　懐いてた先輩取られて悔しいんだ～」
「悔しいです！　わざと見せつけるみたいに……あの人、大人げないです！」
進は文句を言っている。
「私は彼氏さんの方がタイプだな……」
「私も！」
「天下の零士様はちょっと近寄りがたいっていうか」
「分かる分かる」
パートさん達は皿を洗いながら、話に夢中。
……えーと。同一人物なんだが。

「新規で五組入ります！　すみません。レキくん、フロアに戻してもいいですか？」
今度は入店が続いているようで、佐藤さんが確認に来た。
「ありがとう。レキくん、次はホールをよろしく」
店長に言われて戻ると、零士が客の女子高生に捕まっていた。
モデルみたいに細くて美人な子だ。
絡められた指。零士が手を離しても、諦めず繰り返す。
困っている横顔をチラリと見た。
客だから仕方ないかもしれないけれど、ああいうタイプにはハッキリ言わないと。

「あー。浮気ですね。これだからαは！　やめたらどうです？　あの人、非常識だし、αだからきっと浮気しまくりですよ！」
進が楽しそうに話す。

こいつ……
今日はやけに絡んでくるな。相当、零士が気に入らないらしい。
「進。お前、自分の仕事しろよ。自分もαのくせに。別にあんなの、浮気って言わないだろ」
「あんな奴庇(かば)って!! 俺は浮気しません！ 一途なんです！」
「……パスタ出てる。運べ」
進は渋々キッチンに入っていった。

女子高生はいつまで経っても零士を離さなかった。
……触っても平気なタイプなのか？ なかなか諦めないし。
「レキくん。助けてあげたら？」
「困ってるみたいよ」
小林さんと佐藤さんが楽しそうな顔で話しかけてきた。
「いいんですよ。あれ位、自分で」
「彼、優しいから、お客様には断り辛いんじゃない？」
「そうそう！ レキくんはあしらうの、得意でしょ？」
パートさん達の説得に困り果てる。
なんで。俺が……
「きゃっ！」
その子はよろけた振りをして零士に抱きついていた。
今の……絶対にわざとだろ。
「やだわー！ 最近の女子高生は」
「肉食系ね」
「取られるわよ。レキくん！」
「本当。『一晩だけ』とか言いそうなタイプ」
小林さん達は確実に面白がっている。
「やーん。甘い香り……どこの香水付けてるんですか？」
完全に目がハートマークの女子高生。

まだ触っている……
「ほらほら。行って来なさいってば！」
佐藤さんに背中を押され、仕方なくその場に向かう。

「すみません。お客様。彼はまだ仕事があるので」
助けに入ると、零士は驚いた顔を見せた。
妙な勘違いすんなよ。ただの仕事の一環だ。
「関係ない人は引っ込んでてよ」
彼女は、俺の首輪に気付き嫌悪感を示した。
関係ない。それなら……
零士の腕にくっつく。
「俺の……なんです……」
一応、付き合っている設定だし。この店では俺達は恋人同士。これ位やれば。
店内がシンと静まり返る。
思っていた以上、注目されていた事に気付き、急激に恥ずかしさが押し寄せる。
なんで零士まで目が点になってんだよ。
そこは『そうなんです。だから、すみません』って、そそくさと二人で退場だろ？
零士の腕を引っ張ろうとすると——

気が付いたら、俺は零士に抱きしめられてた。
「な……」
一瞬、理解が遅れる。
客やスタッフがザワザワしていて、ハッと気付く。
「ば……馬鹿！　何しやがる！」
押し退けようとするが、ガッチリ腰を押さえられ無理だった。

「ヤキモチ？」
　零士がポツリと呟いた。
　ヤキモチ!?　阿呆か……！
　とんでもない指摘をされて、顔が熱くなる。
　零士の頬もほんのり赤くなっていた。
　な、な、なんだよ。その面(ツラ)は……！
「違う!!」
　零士が嬉しそうに俺の頬を撫でると、女子高生は怒って帰って行った。

予定

　あの後、客や店員の視線を終始感じ、本当に居心地が悪かった。
「すげぇ混んでたな。疲れた……」
　ようやく控室で一息。
「疲れてる時は甘いものが美味しいね」
　零士が旨そうにキャラメルマキアートを飲み、テーブルにカップを置いた。
「……ごめん。巻き込んで」
　今日の客数は慣れている俺でも大変だった。貴重なオフを潰してしまったのも申し訳なくて、もう一度謝った。
「一緒に働けて楽しかったよ。また金曜に困ったら声かけて。俺、オーダー取るの、早くなってきたと思わない？」
　自慢気な零士が面白くて、つい笑ってしまう。
「オーダーも早いけど、ミスもないし……それよりメニューに詳し過ぎないか？　サバランの洋酒名とか、よく知ってたな」
「実は暗記が得意なんだ。二、三回読むと頭に入る」
「じゃあ、勉強得意だった？　テストとか満点？」
「勉強は嫌いじゃなかったし、まぁまぁ成績は良かったかな」
「ふーん。凄いな。お前、弱点ないの？」
「アルコールは苦手だよ。知ってるだろ？」
　そういえば飲ませ過ぎて、酔っ払って『可愛い可愛い』言われて大変だった事を思い出す。
「……あとはお前の笑顔にも弱い」
「はぁ？」
　阿呆な回答に呆れる。
「お前が笑ってくれるならどんな事でもしちゃうし、なんでも買っ

てあげたい」
「お前なぁ……言おう言おうと思ってたんだけど、貢ぐタイプだろ！　無駄遣いはやめろ！」
我慢できず突っ込むと、零士は笑顔で手を握ってきた。
「今日は頼ってくれてありがとう。嬉しかった」
最近、零士はよくこういう顔をする。
店長が困っていたからで、別に甘えたわけじゃねぇし。
でも幸せそうな零士に突っ込めず、とりあえず手だけ離した。
「場所考えろよ。スタッフルーム、防犯カメラ付いてるから」
「そうなんだ。じゃあ、更衣室に入る？」
「なっ……!?」
「二人きりならいい？」
「いやいや！　そういう問題じゃない！　更衣室に二人で入ったら、おかしいだろ!!　人に見られたらどうするんだ！　大体なぁ！　さっき店内でも……」
俺は怒っているのに、零士は声を上げて笑っている。
笑うとだいぶ雰囲気が変わるな。
こうして見るとトップスターに見えない。
笑いを堪える零士を無視して、キャラメルマキアートを一気に飲み干した。

「今日の夜、うちの母さんも本当に一緒に食べるの？」
着替えを済ませ、改めて聞いてみた。
「勿論。ホテルブッフェじゃない方がいいかな……落ち着いた日本料理や中華、フレンチも入ってたはず。ブッフェ、苦手な人もいるし……今から予約、取り直せると思うけど、レキのお母さんはどんなのが好き？」
「かしこまったのは苦手だし……食べるのが好きだから、バイキングとか大好きだけど。親と一緒に食事とか嫌じゃねぇの？」
「だってレキの誕生日だから。誕生日は家族も祝いたいと思うよ。社会人になるとなかなか家族と過ごせないしね」
　確かに。就職先は地元を離れる可能性もあるし……
　少し気恥ずかしいけれど、これから機会がなくなるかもしれない。それに母さんは零士の大ファン……
　迷ったが、三人で食事する事を決めた。
「約束は何時だっけ？」
「６時にホテル」
「まだ余裕あるな。映画とかは時間ないか。ゲーセン行く？」
「……レキ」
「うん？　どっか行きたい所あるのか？」
「二人きりになりたい……」
　そっと耳打ちされてドキッとしてしまう。
「きょ、今日はもうできないぞ」
「いいよ。ハグだけ。早く帰ろう」
　零士はロッカーにしまった鞄をテキパキと取り出した。
「か、帰ったら襲うつもりだろ！」
「夜まで我慢する」
「我慢って……」
「食事の後は俺とデートして」
　デート。聞き慣れない単語に変な汗が出てきた。
「どこに行きたい？　誕生日だから、レキの好きな場所に行こう。夕食後だと遅くなるし、せっかくだからディズミーランドとか室内遊園地はレキがバイト休みの日にしようか。赤井さんに頼んで、今度、休みを作ってもらうよ。最初に行ったゲーセンは？　行きたい所があれば、どこでもいいよ」
　笑顔の零士と目が合う。

俺の21歳の誕生日。やり過ぎたせいで午前中はずっと寝ていて、昼からバイト。夜は気を遣って親と食事。バイトと食事のせいで、予定は全部潰れた。零士にしたら楽しくなかったはず。それなのに、なんでそんな……

「海、行きたい」

ポツリと呟く。

「海？　いいね。久し振りかも……食事の後に行こう」

零士が俺の頭を撫でた。

昔、辛い現実から逃げたくて、よく自転車で海へ向かった。

そのまま家に帰れば、家族にバレてしまう。体に染み付いたαの匂いを誤魔化す為、何度も海に行った事を思い出す。

海水は気持ち悪い性の痕跡(こんせき)を洗い流し、潮風はαの匂いを消してくれた。

向き合えない苦しさと耐え難い程の辛さ。体力の限界まで泳いで、海を見ながら夜を明かした事もある。

寄せる波に返す波。暗い海に一人。雨の日もあった。

現実に戻る為のリセットの儀式。なんとなく海を見ているだけで、全てを許せる気がして……

自分にとって特別な場所。なぜ零士に『海に行きたい』と言ったのか、自分でもよく分からない。

とりあえず席を立ち鞄を掴んだ。

プレゼントの意味

「シャワー浴びてくる」
　マンションに着くなり、零士が言った。
「俺、絶対しないからな……！」
　身の危険を感じ、距離を取る。
「くくっ……お前、本当に猫みたいだな。お義母さんに会うから、身だしなみはちゃんとしないと。バイトで汗かいたし」
　言いながら、零士は荷物を床に下ろした。
「何、気合入れてんだ！」
「入れるだろ？　普通。一緒に入る？」
「入るか！　それに入ったら絶対ヤるだろ」
「……うん。まぁ、否定できないね」
　零士は楽しそうに風呂場に行ってしまった。

　そういえばプレゼントの意味、調べていなかったな。
　鞄の中からスマホを取り出す。
　最初に調べたのはクローバー。職務質問されてまで、探したりして。一体どんな意味が……

【クローバー・僕のものになって】
　予想外の単語に二度見してしまう。
　慌ててリビングに飾ったバラに目をやる。
　確かバラは色や数で意味が変わるって……
【あなただけ】
【愛の告白】
　まさかの意味に思わず身悶える。

【あなたと同じ時間を刻みたい】
【運命の絆】
【束縛】
　どのプレゼントも、とんでもない意味が出てくる。
　意味を知って選んだって事!?　あの野郎!!　こんなのを俺に調べさせて、どうしろと。

　ドアの音がし、速攻でスマホをクッションの下に隠した。
　扉が開き、零士がリビングに入って来る。
「さっぱりした」
　濡れた髪が妙にやらしい。
　ドキドキしてしまい目を逸らす。
「……どうしたの？　顔、赤い」
　零士が頬を触ってきた。
「別に」
　ぶっきらぼうに言い、手を払う。
　触るなよ。マズい。顔が戻らない……

　突然、景色が反転して驚く。俺はソファに押し倒されていた。
「プレゼントの意味、調べた？」
　零士の手には隠していた俺のスマホ。
　気付かれた……！
　流れ落ちる雫。絡まる指。近付く距離。
　この雰囲気は駄目だ……！
　ブンブンと首を振り否定するけれど、ズボンに手をかけられる。
「ゃ……やんない約束だろ」
「可愛いレキが悪い」
　悪びれもなく、零士がそう言う。

「んぁっ！」
急に下着の中に手が入ってきて、思わず声を出してしまう。
「ば、バカ！　やんないってば……あ、触んな……はぁ……」

「……俺のものになって」
キスしそうな距離で見つめられた。
『クローバーの意味』を分かった上で探したのか？
こんな風に口説かれるなんて。
どうしよう。俺……多分、真っ赤だ。発情期だからなのか。零士が恥ずかしい事ばかりするせいか——こんなの、無理。
零士は髪を撫でて首にキスしてきた。

「レキ……」
そんな大切そうに触るなよ。
心臓がうるさく鳴っている。
「や、だ。指……っ！」
抱きしめられたら、甘い香りが広がる。
「零……あぁアァッ！」
嫌だと言ったのに零士は俺を強引に抱いた。
必死の抵抗も虚しく流されてしまったのは俺がΩだからなのか。答えを出せないまま……

ブッフェ

白と金を基調としたクラシカルな内装。至る所に溢れる高級感。
なんとなく、そんな気はしていたけれど——
零士が母さんの為に用意したホテルは俺でも知っている位、有名な五つ星ホテルだった。

「お待たせして、ごめんなさい」
しばらくすると、母さんがロビーへやって来た。
「こんばんは。お義母さん。ホテル暮らしで何か困った事はありませんか？」
零士は当たり前みたいに『お義母さん』とか言っている。
「いいえ。豪華過ぎて落ち着かないし、もっと質素なお部屋で大丈夫なんだけど」
母さんが申し訳なさそうに言い出した。
「連泊出来る部屋が、あの部屋しか空(あ)いていなかったんです。思ったよりマスコミの動きはないので、あと数日でご自宅に戻れるかと思います。お食事、ブッフェで大丈夫でしたか？　レキの喜びそうな店と思い決めてしまいましたが……」
二人が話すのを盗み見る。
「レキの誕生日だから、レキが行きたい所がいいわ」
変なの。零士と母さんが話しているなんて。
「それより良かったのかしら。二人でデートしたかったんじゃないの？　バイトを手伝ったってレキから聞いたけど……」
不安そうに母さんが言う。
『大丈夫だよ』
そう伝える前に零士が動いた。

「俺の両親は仕事が忙しく、夕飯は一人、そんな事もしょっちゅうでした。でも誕生日だけは必ず都合をつけてくれたんです。実家を出るまでは毎年、一緒に祝ってくれて。仕事に本腰を入れ始めてからは俺の方が予定を合わせられなくなってしまいましたが……」
「そう。大変なお仕事だから苦労もたくさんあったでしょう」
　母さんの言葉に零士が笑う。
「……やっぱり演じる事が好きなので。どうか気になさらないでください。お義父（とう）さんもご一緒できなくて残念な位です。食事の後、デートしたいので、レキをお借りしてもいいですか？」
　爽やかな零士に引いてしまう。
　いや。海行くだけだし。何、サラッとデート宣言してんだよ！　しかも父さんにも会いたかったのか。本格的に何がしたいんだ……
「デート？　いいわね！　連れてってあげて！　そうそう。お父さんったら全然信じてくれないのよ」
「信じてくれない？」
　母さんに聞き返す。
「うちに零士くんが来た事。『夢見てたんだろう』って言われちゃったの。何度説明しても『良い夢見れて良かったな』って！」
　母さん、天下の零士様の大ファンだったもんな。
　あの会見を見たら、にわかには信じられないだろう。本物見ても実感湧（わ）かない位だし。
　――テレビの中の零士と現実の零士は全く違う。

＊　＊　＊

　また料金表が見当たらない。
　寿司の時と同じ。一体いくらなんだ。なぜ値段を書かない。
　個室に案内され、上品そうなスーツを着た店員からバイキングの説明を受けた。
「素敵ね」
　店員が出て行った後、母さんの一言で窓の外に目を移す。
　部屋からは街を一望できる夜景が見えた。

「見て見て！　レキ。天ぷら、その場で揚げてるわよ。お寿司も一貫ずつ握ってくれるみたい……あっちはステーキにローストビーフ！　海鮮もたくさん。ケーキのデコレーションや和菓子の飾り義理も見られるなんて。テーブルには焼き立てパンやピザも運ばれてくるみたい……どうしよう!!」
「母さん、はしゃぎ過ぎ」
　大はしゃぎの母さんに突っ込む。

　いくつか皿に取り、個室へ戻った。
「つい楽しくて取り過ぎちゃって……」
　そう言う母さんを見て、零士は微笑んだ。
　零士の皿には海鮮が乗っている。
「カニ、海老、旨そう！　零士、そのホタテどこにあった？　凄いな。貝付きなのか！　それ何味？」
「カニの奥にあるよ。多分、バター醤油。二つ貰ったから一つあげようか？」
　零士が皿を差し出してきた。
「いいの？　貰う！」
　貝付きとかバーベキューみたいだ。
「ふふ。仲良しね～」
　母さんが嬉しそうに声をかけてきて、ハッとした。
　つい、いつもの癖で……

「レキ、誕生日おめでとう。プレゼントはスーツにしようかと思って。落ち着いたら一緒に見に行こう」
母さんに言われ、頷く。
「ありがとう」
「当日に何もないのは寂しいから、はい！」
渡された紙袋を見てテンションが上がる。
「ヨックモルク！」
「うん。好きでしょ」
「好き！　色々入ってるやつ！　いいの？」
喜ぶ俺を、母さんも零士も笑って見ていた。

「レキはどんな子どもでした？」
不意に零士が言い出した。
「そうね。ヤンチャで元気いっぱいで、末っ子らしく天真爛漫。素直な子だったわ。あとね、小さい時は迷子センターの常連で、どこか連れて行くと必ず迷子に……」
母さんが懐かしそうに話す。
「ちょ、母さん」
慌てて止めると、零士が顔を覗き込んできた。
「レキ。よく迷子になってたんだ」
「うるせー。笑うな、零士」
突っ込まれて恥ずかしくなる。
「面白い話があるの。幼稚園の頃、遊園地で迷子になって……レキったら『パパとママとお兄ちゃんが迷子になりました。見つけてください』って言ったのよ！　ふふ。自分が迷子のくせに」
母さんが目を細めた。
「ぶ、くく……」
零士は笑いを堪えている。

「笑うなっての！」
でも懐かしいな。小さい頃はよく家族で出掛けたっけ……
「レキも21歳。つい、この前まで高校生だったのに。もうすぐ就活だなんて……」
母さんに言われ、ふと昔を思い出す。

「レキを産んでくれてありがとうございます」
零士が突然そんな事を言ってきた。
「お恥ずかしい話ですが、レキと出会うまで誰かと一緒に食事したり遊びに行ったり……ほとんどなかったんです」
「子どもの時から、ずっとお仕事だったものね」
母さんが寂しそうな顔をした。
「仕事が忙しかったのもあります。少しフェロモンが強いらしくて、まともに親しい人を作れず……」
前に思春期から酷くなったと言っていた。
「おまけに『天下の零士様』なんて残念なあだ名のせいで……皆、遠巻きに見ているだけで、関わる時も遠慮がち。レキは俺が芸能人だからって一歩引いたりしないで『料理は下手』『無駄遣いするな』とか普通に言うんです。それが凄く嬉しくて……」
急に理解した。零士が俺に執着する理由。
「一緒にお祝いできて嬉しいです。感謝しています。引き合わせてくれた運命に。レキがいなかったら――俺はずっと一人だったと思うから」
言いたい事は分かった。
分かったけれど、お前の羞恥心はどこにある。親の前で恥ずかしい台詞を言うなよ。

【11.Special】

海

風もなく穏やかな海。遠くに光る灯台の明かりはどこか寂しげ。
月明かりに照らされ水面(みなも)が淡く光る。
細波(さざなみ)の音だけが辺りに響いた。

食事を済ませ、俺と零士は思い出の海に来ていた。
「近場の海で良かったの？」
「ここ……引越す前、よく自転車で来てたんだ」
αに毎日のように襲われていたあの頃。殴られ蹴られ、行為も段々とエスカレート。乱暴になるα相手に手も足も出ない。
何をしてもどうせヤラれる。
それなら痛い思いはしない方がマシ。
『抵抗するだけ無駄』
『Ωだから仕方ない』
認めるのに、そう時間はかからなかった。
繰り返される情事。αの玩具(オモチャ)に成り下がり、終わる事のない苦痛。逆らう事もできず、自分の無力さにただ打ちのめされる。殻に閉(と)じ籠(こも)り耐えても、変わる事はない。
辛い現実を忘れたくて、逃げるように何度も足を運んだ。
落ち込んでいる姿なんて家族に見せたくない。

家に帰りたくなくて。
一人になりたくて。
海に入ると、汚れた体が少しだけ綺麗になる気がした。

何度、この海に来ただろう……

「自転車で……？　結構、距離あるのに」
零士に言われて思い出した。
そういえばホテルで揉めた時に、学校名を話したっけ。
何度も通った海沿いの道。車ではあっという間に着いて少し驚いた。見慣れた風景は時間と共に変わる。あったはずの店が潰れ、マンションや家に変わっていて知らない道のように思えた。
変わってしまった海までの道。古びた海の家はあの時と変わっていないけれど……
「幼稚園の頃から水泳習っていて、結構泳ぎは得意なんだ」
誤魔化すように明るく話す。
眠れなくて一晩中、泳いでいたのが、遠い昔みたいだ。
「……よし。泳ごう」
零士の提案に驚く。
「こんな夜に？　着替えもないし」
でも今なら、あの頃と違う気持ちで海に入れる気がする。
「ネットで水着を注文してバイク便頼んで、途中のコンビニで受け取った」
「いつの間に……」
一旦、車に戻り、零士は荷物を取り出した。

差し出された水着以外のものを見て、唖然とする。
コンビニでトイレへ行った隙にこんな物を受け取っていたのか。
「……イルカの浮き具？」
やたらファンシーなそれは鮮やかな色をしていた。
「こっちは大人も乗れるフロート。マットみたいになっていて寝られる位、広いんだ」

得意げに話す零士に呆れる。
用意周到過ぎだろ。
「遊ぶ気、満々かよ。でも口で空気入れるのは大変だぞ」
「勿論、空気入れも買った。花火とウォーターガンとスコップとバケツもあるよ」
玩具にしちゃ、やけに精巧な銃と、カラフルで種類豊富な砂場セットを見せられる。
「待て待て。花火と水鉄砲は分かるけど、これはなんだ！　砂遊びするつもりか!?」
思わず笑ってしまう。
「海に来たら、砂の城を作ってウォーターガンで破壊。スコップは必需品」
「ぶ、く……ははっ!!　中二病っぽいぞ！　遊び方、怖いから」
腹を抱えて笑っていると、零士が隣に座った。
「海は撮影でよく来たけど、遊ぶのは初めてなんだ」
零士はそう言って楽しそうに空気を入れている。
小さい頃から大人に混じって仕事って言っていたもんな……

＊　＊　＊

零士はウィッグのピンを外している。
「カラコンも取ったら？」
「そうだね。流れちゃいそうだし」
貰った水着に着替えて、ラッシュガードを羽織（はお）る。
零士はすでに着替え終わり、海を眺めていた。銀色の髪が夜空に映える。
「レキ」
すぐ俺に気が付き、こっちへ向かってきた。

　零士は水着のみ。割れた腹筋。引き締まった体。長い足。ちょっと目のやり場に困る。
「よし。まずは砂を集めよう」
　零士はバケツにいそいそ砂を入れていた。
「ぶは！　気合入れ過ぎ。何、張り切ってんだ。26歳！」
「設計図は必要か？」
「いらねぇから!!　設計図ってなんだ!?　遊び方、おかしいだろ。ふ、ははははッ……！」
　笑い過ぎて腹が痛い。
　強い風が吹いて、砂が舞う。
「零士、髪ボサボサ」
「くく……お前もな」
　お互い笑ってからスコップを受け取った。
「どんな城にする？」
　零士が言い、二人でしゃがみ込んだ。

　成人した二人の男が本気で砂の城作り。黙々と作り上げる。
　結構楽しい。俺も誰かと気軽に遊んだりできなかったし。
「零士。頬に砂付いてる」
　どんだけ夢中になってんだよ。おかしくて笑ってしまう。
　零士の両手、ドロドロだな……
　自分の手の砂を軽く払って、袖で零士の頬を拭いた。
「……俺、誘われてる？」
　零士が上目遣いで見てくる。
「阿呆かっ！」
　なんで砂払っただけで、そんな話になってんだよ！
「海辺でするのは砂が入ったりして痛そうだから、やめといた方がいいよ……」

若干照れる零士。
「ヤんねぇっての！」
「……じゃあ、後での楽しみにしとこ」
浮かれ気味の零士は無視。城作りを再開した。

時間をかけて、二人で巨大な砂の城を作り上げた。しかも、そこそこな完成度。
「ヤバい。城っぽい！　何これ。大作？」
あまりの出来に思わず記念撮影。
零士も満足げだった。
「もう壊していい？」
ガシャン。零士はウォーターガンを構えて、待ちきれない様子。
「くくっ。壊したがりかよ。お先にどうぞ。どこから行く？」
零士はザブザブと海へ入り、タンクに水を入れると、スナイパーのように構えた。
「12時の方向。距離は５ｍ。目標を確認」
何やら役に入る零士。格好つけてもただの砂遊びに水鉄砲。
「ふ、ハハッ‼　やめろ。笑わすな！」
堪えられず吹き出してしまう。
バシュッ。ド真ん中に穴が開く。
腕は流石！　ゲーセンでもＳランクだったし。
「……命中。続いては入口を封鎖。レキも応戦してくれ」
訳の分からない台詞の後、二人で一生懸命作った城をものの一分で全壊させた。

思い出の海。あの時は一人で、何度も眠れない夜を過ごした。
こんな風に笑える日が来るなんて思わなくて……

海はいつも辛い時、苦しい時に来ていた。
誰かとこんな馬鹿笑いするのも久し振り。
――海の記憶が色褪(いろあ)せて形を変える。俺自身の記憶が塗り替えられるような、なんとも言えない感覚だった。

「はー。笑った笑った。結構、楽しかったな」
「次はフロートに乗りたい」
そわそわとフロートに手を伸ばす零士。
……完全に子どもだな。
「じゃあ、イルカ貸して」
零士はイルカを俺に渡してきた。
「これは良い。眠れそう」
零士はフロートで横になり、目をつぶった。
足ははみ出ているが、フロートは結構大きめ。
こうやって、海で目一杯遊ぶのは小学生以来かも……
いや、砂の城を水鉄砲で壊したのは初めてだ。
「ふ。く、くく……」
「なんだよ。レキ。思い出し笑いか？」
フロートでくつろぐ零士を睨んだ。

良い事を思い付き、フロートに近寄る。
手を握りじっと見つめると、零士が驚いた。
――隙だらけ。
勢いをつけて、腕を引っ張る。
「!?」
バシャッ!!　零士をフロートから落っことす事に成功。

「……ぷはッ。ゲホゲホっ」
　構えていなかったせいで、零士は海水を飲み咳込んでいる。
「あ、ハッははっ！　引っかかったな！　フロート乗ったら、一瞬たりとも隙を見せちゃ駄目なんだよ」
　びしょ濡れの零士を笑う。
「フロートって、のんびりするアイテムじゃなかった？　レキ、不意打ちなんて卑怯だ。お前も乗れ。落としてやるから」
「ふ、ふは！　宣言されて乗る奴がいるか。やだよ。俺はイルカが気に入ったの」
　追い掛けてくる零士から逃げるように泳いだ。

　ひとしきり遊んだ後、少し雲が出て冷えてきた。
「ちょっと寒い」
　身震いして、腕を擦る。
「そうだね。そろそろ帰ろうか」
「うん。帰らないと。零士。朝一で仕事だよな？　花火はまた今度にしよう」
「最後に競争しない？」
「……あの浮きの所まででどうだ？」
　浮きを指差す。
「いいね」
「お前の方が身長高くて有利だからハンデを寄越せ。俺はクロール。お前は背泳ぎで十秒後にスタート」
　さり気なく提案しておく。
「ちょっと待って。背泳ぎだとゴール見えないし、あの距離で十秒？　俺、なんか損してない……？」
「してないしてない」
　怪訝そうな顔が面白くて、笑っていたら、零士が「何か賭ける？」

って聞いてきた。
「マークのカフェラテ！」

　やっぱり零士の奴、早いな。しかも見えないって言っていたのに真っ直ぐ進んでいるし、フォームも綺麗だ。
　泳ぎはハンデのお陰で俺の勝ち。
「……あーあ。負けちゃった」
　負けても零士は全然悔しくなさそう。

「はい。ちゃんと拭いて」
　タオルをかけられ、ワシャワシャと拭かれる。
「やめろ。自分でできる。子ども扱いするな」
　零士の髪から雫が流れ落ちた。濡れていると、いつもと違う人のように見える。
　若干、緊張していると――
「……海って楽しいな。また来よう」
　零士がそっと笑った。
　テレビで見る零士とは違う本物の笑顔。知っているのは俺だけなのかと思ったら、なんだか落ち着かない気持ちになる。

『自分が自分らしくいられる場所』
　謝罪会見の時、零士はそう言っていた。
『人生を共に歩みたい』
　……本気で？

　零士が優しい顔をして笑う。
　俺はただ、それをぼんやりと見つめていた。

先輩

　ドライブスルーが混んでいたから、そのまま車を降りて店内へ。カフェラテを受け取り車へ戻る途中、着信に気が付く。
　スマホの画面を確認すると、母さんからの電話だった。
『毎日、泊まりだと心配をかけるから』零士がそう言い、俺も今夜から母さんと同じホテルに泊まる予定。
　不思議に思いつつ、スマホを耳に当てた。

「もしもし？　母さん？」
『レキ。零士くんはまだ一緒？』
「あぁ、今からホテルに向かう」
『あのね、ここに来ない方がいいかも』
「え？」
『月9（げっく）の医療ドラマ、知ってる？　ヒロイン役の子がお忍びで来てたみたいなんだけど……マスコミにバレて今、大騒ぎなの！　零士くんに代わってくれる？』
「あ、うん……零士、うちの母さん」
「俺に？」
　零士はスマホを受け取った。
「……そうなんですか。良かったらもうしばらく、うちでお預かりします。いいえ。お気になさらず。近々、ご自宅に心配がないか一度調査を入れます。ご不便お掛けしますが、よろしくお願いします。はい。レキに伝えておきます。お休みなさい」
　電話を切って零士がこっちを見た。

「女優さんがホテルに来たみたい。もうしばらく、うちにいて。お

義母さんの許可も貰ったし」
物凄い笑顔……
「何、にこにこしてんだよ」
「だって泊まりの延長、嬉しいから」
……なんだ、それ。もう突っ込むのはやめておこう。
零士がリモコンキーでドアロックを解除すると同時に、着信音が響いた。
「ごめん。マネージャーだ」
その時、零士は何かを落とし、気付かずに行ってしまった。
地面に落ちている小さな箱を拾う。
車通りの多い道。騒がしくて音が聞こえにくかったのかもしれない。車道から離れた駐車場の奥で、零士は話をしている。
確認すると、それはα用の抑制剤だった。
不用意だな。落としたりして。
零士を見るが、まだ電話中。仕事の話だろう。
手帳を開きながら、メモを取っている。
待っていても、なかなか戻って来ない。
とりあえず箱をポケットに突っ込んだ。

「ごめん。長引いて……車の中で待ってて良かったのに」
少しすると零士が帰ってきた。
「お前、抑——」
零士に言いかけると、ちょうどアラームが鳴っている。
零士の抑制剤の時間……
鞄のチャックが開いている事にようやく気が付き、零士はキョロキョロしながら足元を探していた。

……もし飲まなかったら、どうなる？　零士はいつも同じ時間に抑制剤を飲む。その時間を過ぎたら？
αは抑制剤を飲んでいない奴の方が多い。
零士は仕事柄、自分のフェロモン抑制の為に飲んでいるから、あまり大きな変化はないかもしれないけれど。
現在、俺は発情期。普段からお互い抑制剤を飲んでいても、甘い匂いがすると零士は言う。

「おかしいな。さっきまであったのに。レキ。この辺に箱、落ちてなかった？」
酒の時は甘ったるい感じで不発に終わったが、抑制剤を飲まなかったら零士も余裕がなくなるんだろうか。
——湧き上がる好奇心。
最近、恥ずかしい思いばっかりさせられているし。いつも、やられっぱなしだから……
俺の方は早めにちゃんと飲んだし。
『抑制剤がない』
焦っている零士をちょっと見てみたい。

「レキじゃん!!」
急に声をかけられ、驚いて振り向く。そこにいたのは、烈さんと同じ学年の先輩達だった。
「先輩……！」
何年ぶりだろう。懐かしい面々に自然と口元が緩む。
「久し振りだな！」
「元気してた？」
「こんな場所で偶然。どうしたの？」
皆、変わっていない。

「海に来てたんです」
　そう答えると、先輩達も笑顔になった。
「そうか！　俺達も海！」
「圭吾とか、光もいるんだぜ。すぐ上のファミレス！　全席、禁煙でさ。俺達は煙草休憩」
「なぁ、顔見せてけよ」
「今日、確かレキの誕生日だよな。イエーイ！　おめでとう！」
「ありがとうございます」
　覚えてくれていたんだ……

「あ……連れがいたのか」
　先輩のうちの一人が零士に気が付いた。
　チラリと見ると、無表情。相変わらず読めない。
「零士。ちょっと挨拶して来ていい？」
　恐る恐る申し出てみる。
「……分かった」
　零士は仕方なさそうに頷いた。
　ほっとして、先輩達に付いていく。

　ファミレスの中には懐かしいメンバーがいた。
「変わってないな、レキ」
「久し振り！」
「身長伸びてないだろ。170cmは超えた？」
「お久し振りです。皆さん元気でしたか？　身長は余計なお世話。先輩達が高過ぎなだけです」
　とりあえず突っ込んでおく。
「レキが誕生日なんだって！　よし、皆でハッピーバースデー歌っちゃう？」
「恥ずかしいんで、やめてください」
「懐かしい！　レキのツッコミ！」
「相変わらずだなぁ」
　本当に懐かしい……
　あの頃に戻ったみたいだ。
「レキは最近、烈さんと連絡取ってる？」
「いえ……ここ最近は」
「烈さん、飛び級したらしいじゃん」
「バーバードで飛び級!?　ヤバくね？」
　頑張っているんだ、烈さん。

　――あ!!　抑制剤！　あいつ、大丈夫かな……
　不意に思い出し、心配になってくる。
　十五分位経った？
　零士は俺を置いて薬局には行かない気がする。駐車場で待っているかもしれない。
　そろそろ本当に戻らないと。
「飛び級ってなんなの？　一年早く帰ってくるって事？」
「日本の飛び級とは概念が違うらしいぞ。学力を満たしてるかどうかで判断される」
「ふーん。よく分からん」
「今、大学院だっけ？　普通は二年らしいけど、もしかしたら早く帰ってくるかもね」
　先輩達は盛り上がっていた。
　会えたのは久し振りだけれど……
「すみません。先輩。俺、もう行かないと……」
　そう伝えると、先輩達は残念そうな顔をした。

「なんだ！　付き合い悪いぞ！」
「彼氏に怒られちゃう？」
「彼氏!?」
　驚きの声が上がる。
「レキの奴、彼氏連れだったんだよ。しかも恐ろしい程のイケメンα。おまけに身長も滅茶苦茶高い」
「マジか！」
「大事にしてもらってるか？　優しい？」
「格好良いだなんて……真面目な奴？　何歳？」
「くぅ……！　お父さんな気分！」
　更に帰り辛くなってしまった。
「レキって烈さんと付き合ってたんじゃないの？」
「おい！　馬鹿！」
　俺達、付き合っていると思われていたのか。当時、よく一緒にいたけれど。
「付き合ってませんよ」
　そう答えた。
「でも、あんなに仲良かったじゃん。烈さんがアメリカ行った時はすごく寂しそうだったし。烈さんもアメリカ行ってから、ずっとレキの事、気にして……」
　納得がいかなそうな様子。
　確かにあの頃、俺にとって烈さんは唯一の存在だった。
「烈さん。レキを置いてった事、後悔するだろうな」
「レキに彼氏できたなんて知ったら、なんて思うか」
　先輩達が口々に言う。
「別に烈さんだって『彼氏できて良かったな』位でしょ」
　αの先輩も何人かいたし、あえて『彼氏』は否定しない。
「レキは全然男心が分かってない!!」

数人に突っ込まれ、黙る。
「烈さんだって……なぁ？」
「うんうん」
……お節介な先輩達。
烈さんは違うよ。俺は烈さんにとって、ただの後輩。優しいから、心配してくれていただけ。
「あの！　俺、本当に行かないと……」
連れを待たせているからと強引に切り上げ、挨拶をしてからその場を後にした。

時計を見て焦る。
マズいな。結構、待たせてしまった。
走って駐車場に戻ると、不意に腕を掴まれた。
「君、一人？」
話しかけてきたのは背の高い男。先輩の誰かかと思ったら全然知らない人だ。
整った顔。洗練されたスタイル。
感じる威圧感からαだと察する。
「いいえ。連れがいて」
断っているのにそいつは腕を離さない。
「君、発情期でしょ。そんなフェロモン撒き散らしてたら危なくない？　俺が送ってあげる」
その言葉にドキッとする。
首輪をしているからΩだと、すぐ分かる。でも夜の分はちゃんと飲んだのに。
他人に発情期を言い当てられたのは初めて。
本当に甘い匂いが……？

混乱しながら、ふと思い出した。
『悩んでる時は抑制剤が効きにくい』
ナオ兄もソナ兄も言っていた。
ここ数日、色々あったから……

「この香り、変になりそう……誘ってる？」
爛々（らんらん）と光る瞳。
危険を感じ一歩下がる。
αの男が興奮状態になり、ヒヤリと体温が下がった。
無理矢理腕を引っ張られる。
揉み合っていると、前に人が立った。
「……失せろ」
零士が男の手を払った。
ドス黒いオーラを放ち、今にも人を刺しそうな目つきである。
「な、なんだ……α付きかよ！」
男はそそくさと逃げていった。
珍しい。ナンパ位なら、こんなにキレている演技しないのに。

その時、景色が反転して驚く。
肩に……担がれている!?
「おわっ！　な、何しやがる！　降ろせよ！」
「……」
有無（うむ）を言わせない強引な態度。返事もしない零士にヒヤヒヤしながら、暴れるのはやめて、大人しく運ばれた。
「乗れ」
おまけに珍しく命令口調。そんなに怒る事ないじゃん。
イライラが伝わり、押し黙る。
待たせたから？　一応、デートなのに先輩の所に行ったから？

それとも……

海沿いの道は少し混んでいた。
零士は無言で運転し、不機嫌オーラ全開。
気が立っている。そんな言葉がピッタリ当てはまる。零士はいつも穏やかだから戸惑ってしまう。
「あのさ……お茶買いにコンビニに寄っていい？」
「コンビニ？」
あまりの空気の悪さに言ってみる。
さっきのαは俺の事、甘い匂いがすると言っていた。
でも今更ポケットの中に抑制剤があるとは言い難い。
いや、コンビニじゃなくて薬局か……？
「やっぱり薬局は？　お前、抑制剤落としたって言ってたじゃん。俺がついでに買ってくるから」
我ながら名案。
「駄目」
予想しなかった答えに驚く。
「どうして」
「そんな甘い匂いさせてどこに行くって……？　レキこそ、抑制剤は飲んだのか」
「夜の分はちゃんと飲んだ」
「行かせるわけない。何かあったらどうするんだ。……俺、抑制剤飲み忘れた事、一度もないし、周りの人にどんな影響があるか分からない。マンションまで我慢しろ」
――しまった。今、ちゃんと言うべきだった。
『さっき、駐車場で拾った』
そう言って返せば良かったのに。変に言っちゃったから、返せなくなったぞ。

　車内は自分と零士の甘い香り。車の中は空気が籠るから、結構なフェロモン量なのかもしれない。
「せめて換気したら？」
「誰か寄ってくるかもしれないから」
　零士は折れようとしない。
　でも一理あるか。開けて人が集まってきたら大変だし。
　信号待ちで車が止まり、視線を感じて顔を上げた。

　零士と目が合い、心臓が跳ねる。
　射抜くように見つめる熱い目。
　惑わすような色気。
　今までと比べものにならない程のフェロモン。
　……な、なんて目で見てんだよ！
　慌てて顔を逸らす。
　信号が変わり車が進むと、零士は溜息を零した。
　欲を抑えている様子に、緊張が走る。
　今からでも謝って……
　そう思うのに、声が出ない。
　隠したなんて言ったら、零士はきっと怒るだろう。
　悩んだが、結局、抑制剤はポケットに入れたままだった。

＊　＊　＊

　ほとんど会話もせず、異様な緊迫感の中、ようやくマンションの駐車場に辿り着いた。
「ぅ、わっ……！」
　ベルトを外した途端、シートごと後ろに倒された。
　自分の身に何が起きたのか理解できず驚いていると、零士が上に乗っかってきた。
「ば、馬鹿！　何やってんだ！」
　胸を押すけど、どこうともしない。
「おい！　まさか車でヤる気じゃないだろうな！」
　カチッ。ズボンのベルトの金具が鳴る。
　際どいラインをやらしく撫でられて、慌てて手を掴む。
「……ぅ、ッ！　待てよ！　零……」
　零士は返事もせず、突然、俺の首に噛み付いた。あっという間にベルトを外され、血の気が下がる。
「痛っ！　噛むなって！　ぬ、脱がすな！」
　今度は首に熱い息がかかる。ゾワゾワして、身を捩(よじ)った。
　嫌がっているのに、零士はやめてくれない。しかも噛み痕とキスマークを何カ所も付けてきた。
　シャツで隠れない場所！　なんて事を……！
「やめろ！」
　必死の抵抗も虚しく、両手を押さえつけられ、ズボンを脱がされそうになる。
　ギラギラした目。零士らしくない性急な行為に、体が震える。
「嫌だ！　ここ、防犯カメラ付いてるじゃん！　録画されてるだろ！　ほら！　あれッ！　俺、そんな趣味ねぇぞ!!」
　防犯カメラの方向を指差す。
　嫌な沈黙が流れた。
　零士は何も言わずに俺の上から降り、鞄を手に取った。
　よ、良かった……！　車で録画されながらとか絶対にないから!!
　でも、まさか零士が車でヤろうとするなんて。重症？
　……とにかく早く抑制剤を飲ませないと。
　そろりと車から降りると手を掴まれた。
　腰をグッと引き寄せられる。

そんなにくっついたら歩きにくいだろ！

その瞬間、零士の手が俺のズボンのポケットに触れた。
——しまった!! 抑制剤!!
躊躇（ためら）う事なく、零士はポケットに手を突っ込んできた。
「レキが拾ってくれたんだ」
手にした箱を見て、物凄く意地悪そうな顔をして零士が笑う。
貼り付けたような笑みに言葉が出ない。
ま……マズイぞ。なんか言い訳を……
「ちっ、違うんだ。駐車場で拾って。その後、先輩に挨拶行ったから、うっかりしてて！　ごめん。俺、えっと……零士、なんか怒ってたから言い出し難くて」
テンパリ過ぎて何も思いつかねぇ!!
話している途中で顎を上げられた。
唇のすぐ横にキスされる。
「……そんなに俺の余裕を奪いたい？」
甘ったるい匂い。
攻撃的な目。
むき出しの欲望。
頭の中でガンガン警報が鳴っている。

……今日の零士は危険！
嫌な予感しかしない!!

限界

グイグイと引っ張られ、駐車場のトイレに連れ込まれた。
入口は自動ドア。零士がカードを翳(かざ)すと、ドアが開いた。
なぜか花が飾ってあり、大理石のような壁が輝いている。
しかも男子トイレなのにパウダールームらしき場所まであった。アメニティも陳列してあり、まるでホテル。そして置かれた立派な革のソファ。
セレブトイレは通路も個室も広い……って、違うだろ！
中に押し込まれ、血の気が下がる。
施錠の音が響き、冷や汗が流れた。トイレの個室で壁ドン。自分の置かれた状況に困惑しかない。
自宅はエレベーター乗ってすぐなのに……！
「じょ、冗談はやめろよ。誰かに気付かれたら……」
欲情した目で見られ、声が震えてしまう。
「言っただろ？　録画されてなきゃいいって」
「言ってねぇ！」
ボタンを外されそうになり、慌てて服を押さえた。
「今すぐヤらせて」
「ヤるか！」
らしくない直接的な台詞。人気俳優が何を言ってやがる!!
なんとかすり抜けようとするけれど、腕が邪魔で鍵に届かない。

「どうにかなりそうなんだ。なんとかして……」
零士の目は本気だった。
縋(すが)るような表情に動揺が隠せない。
引き寄せられ、触れている場所が熱を帯びたように熱くなる。心臓がうるさくなり、目を逸らした。

……零士、脇がガラ空きだ。一発入れれば、多分逃げられる。でも、もし部屋に行く途中、他のΩに会ったら――？
零士はそのΩを抱くのだろうか。
これだけ興奮状態なんだ。無いとは言い切れない。零士の色気に当てられたら、普通のΩは抵抗できないはず。
勢いで噛んだりして……
通りすがりのΩと番になり、零士は優しいからきっと、そのΩを大事にする。

……何、この気分。考えるだけで、モヤモヤする。
自分で言ったんじゃないか。『俺達はセフレ』だって。
これは情だ。小さい子どもが玩具を独占したいとか、そういう類の感情。
零士が番を作ったら、多分、俺達の関係は終わり。零士はずっと寂しかったから、番が欲しいのかもしれない。他に特別な人ができたら、きっと……
なんとなく胸が苦しくなり、唇を噛む。
――あぁ、もう分からない！
俺、ここ数日、許容量を超えているんだ。

「レキ……」
抱きしめられたら、甘いフェロモンが香る。
「とりあえず抑制剤を！」
「無理」
あっさり却下、首にキスされた。そのまま耳を甘噛みされ、シャツの中に手が入ってくる。

「ャ。ん……はぁ」
　必死に抵抗を続けると、零士が壁を叩いた。
「無理矢理したくない。次、お前に会えなくなったりしたら……」
　絞り出すような声。
　理性と欲がぶつかり、零士が苦しそうに漏らす。
　どう言ったらいいのか分からず困っていると、零士がズボンを脱がしてきた。
「おい！　言ってる事とやってる事が全然違うぞ！　……アッ」
　零士の指が後ろに触れる。
「……濡れてる」
「聞けよ！　ヤッ……指、挿れたら。んんッ！」
　信じられねぇ。こんな場所で！

　——バレたりしたら、スクープじゃ済まない。
　最悪、芸能活動自粛……
　滅茶苦茶にされたら、声を我慢できない。不意打ちを喰らわせれば、逃げられるかもしれないけれど。

「お願い……」
　熱の籠った熱い目。余裕のない声。
　そんな顔するなよ。突き放せなくなる……
　あっという間に下着まで下ろされてしまった。
「あ、ァァあっ」
「声出さないで」
「じゃ、指抜けッ。馬鹿！　アッ……あぅ」
　そんな風に動かされたら。
「ッ……ん！」
　金属音が聞こえ、我に返る。

零士は片手でベルトを外していた。

本気で挿れるつもりだ。抑制剤は飲んでも、すぐには効かないかもしれない。それなら。
「手……！　手でしてやる！　その代わり、今、この場で抑制剤を飲め!!」
「……口でして」
甘えるような口調にドキッとする。
突き付けられた条件。その間も後ろを弄ばれる。
迷っている場合じゃない。人が来る前に……！
「ぅ……わ、わか……分かった！　とりあえず指を抜けッ！」
零士はようやく俺から手を離して、ポケットから抑制剤を出した。錠剤を二錠、口に放り込み、そのまま噛み砕いている。
その隙に自分の身なりを整えた。
……やけにあっさり飲んだな。そんなにして貰いたかったのか？
頬が熱くなる。
よせ。やめろ！　照れるのは変だ。

「飲んだ」
色っぽい目で見られて、自分の息をゴクリと飲む。
フェラは苦手だ。零士にしてやるのは二回目。一回目は媚薬を飲ませようとしたのに、グラスをすり替えられて自分で飲んで仕方なくやった。
あの時は無表情だし無反応だし、自分の下手さ加減を知るきっかけになってしまったから、その後は一度もした事がない。
「口、開けて」
零士が指で俺の唇をなぞる。
クソ。手がやらしい……

激しい動悸を隠しつつ、そっと口を開く。

——恥ずかしい。前、やった時は媚薬で訳が分からなくなっていたし。こんな理性が残っている状態でやるなんて。
でもトイレで最後までヤるのは無理だ。一回、抜いておいた方がいい。このまま戻っても途中で手を出してきそうだし、そっちの方が危険。だから仕方ないんだ！
自分に言い訳しつつ、気まずくてチラリと顔を上げた。
す、すげー見られている。
纏わり付くような視線。零士の指が口の中に入ってきた。
「……ん。ふ」
指で舌をなぞられ、体が震える。
「俺、ちゃんと抑制剤飲んだよ。焦らさないで……」
うわ。なんつー台詞を!!
無茶言うなよ。見られながらなんて、ただの羞恥プレイだろ。
けれど逃げる事もできず、促されるまま口を開く。

慣れない手つきでそろりと触れる。覚悟を決めて、口を寄せた。
舐めると、零士がビクッとなった。
「ん……」
零士が声を出して驚く。
——何、今の。
だって普段、零士はヤッている時に全く声を出さない。
「はぁ……レキ……」
なんだよ。その甘ったるい喋り方は。
堪えきれず漏らす、悩ましげな吐息に戸惑う。
感じている……？
いつも涼しい顔をしているくせに。前にやった時だって。

優しく髪を撫でていた手に力が入る。
目が合って、心臓がドッと跳ねた。
情欲に燃える潤んだ瞳。
隠そうともしない欲が、俺に火を点ける。
「俺も……触りたい……」
聞き入れず零士のを口に含んだ。全部は口に入らなくて手でゆっくりなぞる。
「レキ……」
耳元で響く、溶けそうな程、甘い甘い声。
腰が……砕けそう……
劣情に煽(あお)られる。頭のどこかにストッパーがあるはずなのに、理性が働かない。
俺の拙(つたな)いそれに零士が反応している。その事実だけで……
「……っ」
後頭部を引き寄せられ、強引に押し付けられた。
零士の興奮が伝わり、中が疼いてくる。
口に広がる零士の味。不思議と嫌悪感はなく……
零士が感じている。俺は初めてのその様子に夢中になっていた。
「レ、キ……」
快感に耐える様子に体の奥が熱くなる。

――その時、零士は俺の口の中で、精を放った。
「……ッ！　ぅ。ゴホッゴホッ！」
抑制剤が切れているせいか、珍しく早い。それよりもまさか、こんなにすぐに出すとは思わなくて。
「レキ。俺の……飲んだの？」
零士が呆然としていて恥ずかしくなる。

つい、うっかり飲んでしまった！　飲むつもりなんてなかったのに。ＡＶかよ！
思わず自分に突っ込む。
誤解するなよ。飲みたくて飲んだんじゃない。
「とりあえず部屋に移動しよう。一回出して落ち着いただろ？」
話している最中、ほんの一瞬だけ見えた。獲物を狙うような目。興奮している顔。狂気を感じ、背筋が寒くなる。
……な、何。今の。
サッと目を逸らすが、後ろから邪(よこしま)な視線がビシバシと刺さる。
ヤバいヤバいぞ。身の危険を感じる。
俺、間違えた？
肩を掴まれ、強引に目を合わされた。

「まさか飲んでくれるなんて」
恍惚とした表情を浮かべ、唇を撫でられた。
「違う！　むせて、うっかり飲んじゃっただけ！　そ、それより早く部屋に」
自分でも分かる。多分、今、真っ赤だ。
壮絶な色気に当てられて、心臓がおかしい。
慌ててトイレを出ようとしたら、腕を掴まれ、よろけて零士にぶつかった。
「お前なぁ」
その時、穿(は)いたはずのズボンと下着を乱暴に下げられた。
「おい。零……」
会話の途中で、後ろに零士のが当たる。
勃っている⁉　たった今、出したばっかりなのに――
「おま、お前！　なんで」
答えを聞く前に、後ろに押し付けられる。

「あ、あぁッ！」
　う……嘘だろ。零士のが挿（はい）ってくる！
　気持ちとは裏腹に、体が零士を受け入れてしまう。
　しかも、すぐに動いてきた。
「馬鹿。よせっ！　あぁっ……」
「しー。静かに」
　トイレには肌を打ち付ける音、やらしい水音が響く。
『しー』とか言って、動きが激し過ぎるんだよ!!
「じゃあ、抜け。ぅ、動くなッ」
「レキの声、誰にも聞かせたくない。お願いだから我慢して」
　な……！　零士は阿呆なのか!!
「足音が聞こえたり、車の音がしたらやめるから」
　こんなヤっている時に理性が働くはずない。止めないと、零士は芸能人なんだから……！
「アッ！　こん、な誰かに見られたらどうするんだ。はぁ……活動休止と、かになったりしたらっ！　仕事ッ、好きなんだろ？」
「でもレキが可愛くて」
　頭が湧いている台詞としか思えない。

　いつの間にか繋がれている手。背中に肩に首にキスをされる。
　トイレで後ろから無理矢理。
　……なのに俺に触れる手は優しくて。
　前も触られ、あっという間に上り詰めていく。
「や！　ヤ……ぁ。前！　触んないで……無理ッ」
　声が我慢できねぇ！
「俺の手、噛んでいいから」
　そっと零士の指で口を塞がれ、動きが激しくなる。高まる快感が俺の理性を徐々に奪う。

駄目だ。イキそう。
急に向きを変えられ、片足を持たれて、前から挿入される。
「んァ！」
「イク顔、見せて」
そんなの見ても楽しくないだろ！
文句を言ってやりたいのに――
「……可愛い」
零士の欲情した目。いつも少し上げている前髪が落ちている。それが妙にエロくて……
クソ！　やらしい顔しやがって!!
逃げたいのに、逃げられない。
腰を引き寄せられ、深く中を擦られて、叫びそうになるのを必死に堪える。

止めなきゃ……止めさせないと……
ドアの方に手を伸ばすと、手首を掴まれた。
「……逃げないで」
更に奥まで挿ってきて、目の前が快感で滲む。
「ぁ……へ、部屋に」
なんとか言葉を返す。
「こんなの初めてなんだ。助けて、レキ。セーブできない……」
懇願するような言葉。切れ長の目には俺が映っていた。
抑制剤は即効性のものじゃない。
辛そうな様子に罪悪感を感じるけれど。

答えられずにいると、零士はゆるゆると腰を動かしてきた。
「だ……駄目」
そう言ってもきっと零士にはバレている。

体が変だ……
零士に見られるだけで、期待して体が震えている。
ゆっくりと引き抜かれ、今度は一気に奥まで貫かれた。
「アッ！　あぁ……ん、んんッ！」
慌てて口を塞ぐ。
いつもより性急な行為。今までとは打って変わって、滅茶苦茶に打ち付けられる。
呆気なく、また達してしまい、床を汚してしまう。
そこで初めて気付いた。足元にゴムが落ちている。
――そういえば付けていたか？
「お前、ゴム……あぁアッ!!」
話している途中なのに、激しく求められる。
零士はいつも必ず避妊をしていた。でも抑制剤が切れて、理性を失っているとしたら――
零士は答えず、更に挿送を早めてきた。
「あっアッ！」
「……そんなに締めるなよ」
低く掠れた声。耳元で囁(ささや)かれ、背筋がゾクリと震える。
発情期なんだ。もし孕んだりしたら……

「痛っ！」
腕に強い痛みを感じて、噛まれた事に気付く。
「噛むなってば！　あ、あっ……」
「……レキ」
「ちゃん、と！　付け……や、ヤッ……！　ん、んん……」
――抗えないΩの本能。
体が勝手にαを求めている。
段々と抵抗できなくなり、零士を見つめ返す。

「ァ……よせ。ゴムを……ッ！　んぁッ！　発、情期だから」
言葉だけの抵抗を続けるが、繰り返される絶頂のせいで、まともに話せない。

ドッ……！　深く差し込まれ、体がガクガクと震えた。
意識が飛びそうな快感。今度はドライ。放心していると、思い切り抱きしめられた。
休ませてくれるはずもなく、そのまま快楽の渦に落とされる。
「アァあっ!!　やめ！　イッ……んっ……や、やだっ!!　ア……あぁッ！」
ガタガタとトイレにそぐわない音が響く。零士は容赦なかった。
激しくて息ができない……!!
もう声を抑えるとか口を塞ぐとか、そんな余裕はなくて……
「あ、あ……奥！　ヤッ!!　無理っ!!　すわ、座らせて！　は、はぁ。んん！　激しいのやだっ。れい、……立ってられない。嫌……だ……またイク……！　あ、アァああっ!!」
目の前が真っ白になり、耐え切れず壁に寄り掛かる。
この状態で落ちたりしたら……
そう思うけれど、瞼(まぶた)が重くなり力が抜けていった。

＊　＊　＊

目を覚ますと、そこはトイレじゃなかった。
零士ん家(ち)の玄関……
俺の上に零士が乗っかって——っていうか挿っている。
「お前なぁ！　落ちてる時にヤるとか……人として……んぁっ！　バカッ！　動くな!!」
「理性を振り絞って家まで運んだんだけど……お前が寝言で俺の名

前を呼んで、抱きついてきた」
　と言いつつ、動きは止めない。
「は、はぁ!?　……んッ！　抜けっ!!　ゴムは付けたのか！」
「ちゃんと付けてるよ。ごめん。心配そうな顔が可愛くてキュンとして。つい言いそびれただけ」
　なんだ。それ！
　零士の言い分に呆れる。
「意味分かんない事、言うな！　この変態っ!!」
　ゴムはしていたのか。そうだよな、零士なら……
「でも興奮し過ぎて、一つは落として、一つ破って駄目にしちゃったんだ。そんなミス、初めて……」
　少し照れながら言われ、突っ込み所、満載である。
　さっき見たのは落としたやつだったのか。
「もう動いていい？　レキが可愛くて、頭おかしくなりそう」
　さっきから動いてるくせに！
「ちゃんと会話しろ！　オイッ！　動――」
　言い終わる前に、激しく腰を打ちつけられた。
「あ、アぁァああっ！」
　何度目か分からない吐精をし、体の震えが止まらない。
「レキ……もっと……」
　とんでもなくやらしい顔で迫られ、逃げ出したくなる。
「ぁ、アァッ！　やっ!!　深い！」
　抵抗したいのに、力が入らなくて――
　体が変だ。中から何かが迫り上がってくる。
「ん、やっ！　やめ、無理っ!!」
　奥を突かれた瞬間、何かが弾けた。
　パシャ……
　自分の身に何が起きたのか分からず、固まる。中を擦られる度、俺のから蛇口が壊れたように欲が止めどなく溢れていた。
　何これ。潮……？
「い、や……ァ」
　そのまま声も出ない位、執拗に攻め立てられ、また意識が朦朧としてくる。

「レキ。俺のものになって」
　馬鹿野郎。挿れながら、そんな事、言うな……
　次々と襲いかかる快感に太刀打ちできず、意識を保てなくなる。
「レキ……」
　段々遠くなる零士の声。抗えず、そっと目を閉じた。

抑制剤…side零士

レキの誕生日。海で遊んだ後、先輩達に挨拶をしに、レキは行ってしまった。
腕時計を何度も確認し、溜息をつく。
レキがなかなか戻って来ない。
……烈もいるのだろうか。当時、レキを襲った奴等(ら)に片端からお礼参りをした不良グループのリーダー。
感じた事のない焦燥感。良くない想像が頭の中を駆け巡る。焦れていると、抑制剤の効果が切れてきた。

ようやくレキが駐車場に戻って来たが——
ほっとしたのも束(つか)の間(ま)、今度はαにナンパされている。
カッとなり車を飛び出した。

＊　＊　＊

運転中、激しい衝動に何度も襲われた。
沸き上がる欲望を押さえる術(すべ)もなく、ただΩのフェロモンに翻弄される。
気を抜くと、服を脱がせて無理矢理犯してしまいそうだった。甘い香りのせいで冷静になれず、運転にも集中できない。
なんとかマンションまで戻って来たものの——
レキが俺の抑制剤を隠し持っていた事に気付いた時、完全に理性の糸が切れた。

今、考えると後悔しかない。

自分にどんな影響があるのかも考えず、自ら『飲まない』を選択するなんて。
異変に気が付いた時には遅かった。まともな道徳心は一欠片もなくなり、感情をコントロールできない。

——知らなかったんだ。
身を焦がすような渇望。気が狂う程の劣情に支配される。いつもの自分なら絶対にしなかった。
レキの目を見たら……
レキの声を聞いたら、もう何も考えられなくて。
欲に流され、微量のフェロモンに我を失う事となる。

防犯カメラが付いているのに、車で押し倒す。自宅までの数分が待てず、トイレで無理矢理襲う。
『最低最悪』の言葉じゃ片付かない。
誰か来たら？　見られたら？
そんな当たり前の事に意識が行かなかった。
最中、頭にあったのは『レキが欲しい』『俺だけのものにしたい』そんな身勝手な想いだけ。
抑制剤が効いてきたのは、レキを玄関で抱いた後だった。

＊　＊　＊

苦しそうに赤い顔をして眠るレキ。風呂場に連れて行っても、服を着せてもドライヤーをしても目を覚まさない。

寝室に連れて行き、しばらくすると、薄っすら目が開いた。
「れい……じ……」

声も掠れている。
……言い逃れは絶対に駄目だ。
俺はレキのトラウマであるαと同じ事をしたのだから。

躊躇いがちに腕へ触れると、レキは慌てて俺の手を振り払った。
そんな……
いや、当たり前か。
久し振りに拒絶され、ショックを隠せない。振り払われた手を見つめ、肩を落とす。
俺はレキが忌み嫌う自己中なαと同じ。
目を逸らされ、後悔が押し寄せる。

自分の手をグッと握った。
「俺が悪かった」
落ち込んでいる場合じゃない。きちんと謝らないと。
「本当にごめん」
頼むから前みたいにいなくなったりしないでくれ。
「元彼がいたのかな……とか思ったら冷静になれなくて」
本音を伝えると、レキは困っている。
――抑制剤を渡さなかった。
レキもその事実があるから、強く出られないのかもしれない。
「俺、かなり強い薬を飲んでいるんだ。容量も通常の二倍。レキの方は抑制剤を飲んでるから……と高を括っていたし、自分自身がまさか、こんなにΩのフェロモンに弱いなんて思わなかった」
ただの言い訳に過ぎないけれど。
「まるで体を乗っ取られたような感覚だった。でも、あれは自分の中に眠っていた欲望だ。それは否定できない。だけど……ごめん。無抵抗なお前に散々、酷い事をした。思い出すだけで自分が恥ずか

しいし、申し訳ないと思ってる」
　自分でもよく知らなかった体質。包み隠さず全部伝えた。卑怯かもしれないが、事情も分かって欲しい。
　レキは黙ったままだった。
「誠意を見せたい」
　意を決し、目を見つめる。
「……誠意？」
「お前が許してくれるまで勝手に触れない」
　そもそも『許す』の選択肢があるかどうか怪しい。俺はそれだけの事をした。
「セックスしないって事か？　俺が許すまで？」
　いつもは二錠飲んでいる抑制剤。それ以上は頭痛や目眩が酷くて飲めずにいた。三錠飲んでも絶対にやり遂げてみせる。
「できれば頭を撫でたり、ハグ位は許して欲しい。でも、それも嫌なら指一本触れない。誓うよ」
　触れたら我慢できなくなるから、触らない方がいいのかもしれないけれど。
「……お前にできんのかよ」
　俺の提案にレキが耳を傾ける。
「必ず約束は守る。もし破ったら坊主（ぼうず）にしよう」
「……ハッ。天下の零士様が坊主かよ」
　チャンスが欲しい。許してくれるなら、それ位なんでもない。
「俺がバイト行けなかったら、どう責任取るつもりなんだ。お前は仕事だろ」
　シフトは昼からロング。
　当然、手は打った。
「店長に相談したら、前半は代わってくれるって。後半は仕事を調整して、俺が入るよ」

「何、勝手な事してんだ。いらねぇ。しばらく寝れば平気だし、自分で行ける」
「まだマスコミが心配だから。どうしても行くなら、俺のマネージャーがバイト先まで送る」
「は!?」
快(こころよ)く引き受けてくれたと話すと、レキは困り果てていた。
記者会見のせいで、まだマスコミは騒がしい。ボディガードもこっそり付けるつもりだが、トラブルがあった時、マスコミへの対応は赤井さんの方が慣れている。
後半は代理ができるよう、スケジュールを調整して貰い、万全に備えた。
「自分で行ける……」
レキは話しながら眠そう。
「もう少し寝た方がいいよ」
程なくして眠ってしまったレキを起こさないよう、立ち上がる。
決意を新たにし、着替えを掴んだ。

マネージャー…sideレキ

目覚めると、外はすでに明るかった。
慌てて時計を見るが、まだ８時。
リビングの方からカチャカチャ音がする。
零士、今日は仕事遅いのか……
思ったよりダメージが大きい。働くのは、きついかもしれない。
文句を言ってやるつもりで、ヨロヨロと廊下を歩いた。

出汁(だし)の良い匂い……
また朝食作りで俺の機嫌を取るつもりか。それより、マネージャーがうちに来る前にちゃんと断らないと。
「零士」
声をかけると、その人は振り向いた。
入ったキッチンにいたのは——
母さんと同世代位の女の人だった。

……え？　誰!?　ここ、零士ん家(ち)だよな!?
「あら！　ごめんなさい。起こしちゃった？　静かにやってたつもりが……レキくんよね。初めまして。プロダクションＲＲの赤井です。零士のマネージャーよ」
事務所の……
これはあれか!?　『零士の未来を考えて別れて下さい』的な……!?　付き合ってもいないが。
それともテレビの件で釘(くぎ)を刺される？
緊張しながら頭を下げる。
「噂通り可愛(かわ)——格好良い！　いつもありがとうね。レキくんと一緒に過ごすようになってから、零士は人間らしく……丸くなって！　甘いのが好きって聞いて。これ、ご挨拶のお菓子です」
　ゴディボのドデカい箱を渡され、拍子抜け。
「驚いたわよね。零士は仕事なの。レキくん、ぐっすり寝てるから、起こさないで行くって……とりあえず、ほとぼりが冷めるまで零士が送り迎えができない時に私が行き帰りをお伴します。窮屈かもしれないけど、少し我慢してね。会見のせいでまだマスコミが心配だし。実家が道場をやっていて、こう見えて柔道歴長いの。紅白帯。安心して！」
　優しそうなその人が笑う。
　柔道六段以上って事!?
　パッと見、上品で優しそうな感じの人なのに。
「真面目だから多分、自分で仕事に行くと思うけど、具合が悪そうなら家で休ませるよう零士に頼まれたわ。万が一の場合には店長さんが代わってくれるって」
　用意周到かよ。根回しに驚きを隠せない。
「私、嬉しくって。零士はしっかり者だから、何か頼みごとするなんて珍しいのよ。レキくんの話はよく聞いてたの」
　……っていうか、なんで。マネージャーに俺の話なんかしてんだよ。おまけになんなの、この待遇。

「あの……赤井さんは零士のマネージャーなんですよね？　俺に付き添ったりして、大丈夫なんですか？」
「零士はどんな仕事でも完璧にこなすから問題ないわよ。むしろレキくんが気になって仕事にならないから……と送り迎えを頼まれた位だし？」
「そ、そうですか」
　……人様に恥ずかしい事を言って。

後で懲らしめてやらないと。
赤井さんは俺を見て嬉しそうに笑った。
「付き合ってどれ位？」
飛び出した質問に転けそうになる。
「付き合ってませんけど⁉」
本格的にどうなってるんだ！
俺の事、マネージャーになんて話して……
「そうなの？　零士が自宅に誰かを入れた事なんて一度もなかったから、てっきり」
……ふーん。そうなんだ。

その後、用意してくれた朝食を一緒に食べた。
「これ、零士が作ったのよ」
道理で……
味噌汁は少し薄いし、サラダのキュウリはぶつ切りでやたら存在感があり過ぎる。
……でも今日は卵が焦げていない。
「凄いわね！　レキくん。食に興味がなくて、無頓着で生活感ゼロの零士をキッチンに立たせるなんて」
「プッ。酷い言い方ですね」
「だって、あの子ったら！　一週間朝昼夜毎日コンビニとか、しょっちゅうで。そうそう。前なんてね……」
零士の面白い過去話を聞いているうちに、朝食はあっという間に終わった。

「それじゃあ、後でね」
零士が、疲労回復のマッサージをいつの間にか予約したらしい。赤井さんはその時間まで少し仕事をすると言って、ゲストルームに

閉じ籠った。
　俺がゆっくり休めるように気を遣ってくれたのかもしれない。バイトには行きたいし、休ませてもらおう。
　ベッドに横になると、すぐ睡魔に襲われた。

＊　＊　＊

　マッサージの後、店まで赤井さんの車に乗せて貰った。
「あの……本当に大丈夫なので。帰っても平気ですよ」
　そう伝えるが、赤井さんは首を横に振った。
「気を遣うのは分かるけど、いつ何があるか分からないから。大丈夫よ。ノートパソコン持ってきたし。外でやる仕事をここでやるだけだから。マネージャー業務も色々あって溜めこんだ案件をいくつか、やっつけなきゃいけないの」
　赤井さんは後ろの席からパソコンを取り出している。
「でも俺、今日はロングだし、そんなに長い時間……」
「仕事してたら、あっという間よ。テラス席は電話、ＯＫ？　お店的にはあまり長居すると微妙かしら。悪目立ちするようなら駐車場で待とうかな」
「いいえ。パソコンしてる人も多いし、長時間いる常連も結構いるので。それは問題ないんですが、ただ申し訳なくて……テラス席の左側は通話可なので結構仕事してる人が多いと思います」
「いーのよ！　レキくん、良い子ね～。私なんかの心配して。心配無用よ。仕事は山程あるし。今日は零士の付き添いもないから、仕事を詰めるチャンスなの。上手くいけば予定外のオフができるかもしれないし、頑張るわよ！　通話できるのはありがたい。じゃあ、周りの様子見ながら決めるわね。私達の関係を説明するの大変だし、長居するとあまり印象も良くないだろうから、お店に入ったら私達

は他人。店員と客よ」
　何やら赤井さんは張り切っているし、若干楽しそう。
　零士に頼られて嬉しいと言っていたから、説得して帰らせるのは無理かもしれない。
「疲れたら、ちゃんと帰ってくださいね」
「ＯＫＯＫ！」
　あ……これ……絶対に帰るつもりのない感じだ。それなら、せめて心配かけないようにしよう。
「行ってらっしゃい。無理しないでね」
「……はい。行ってきます」

　入口の前で立ち止まる。
　首には噛み痕とキスマークだらけ。首輪はしていたし、噛まれたのは挿れる前だから、番は成立していないけれど……
　あいつ、何箇所、噛んだ？
　αの噛む行為は『特別』を意味する。
　本気で俺を番にしたいと思っている？
　……あの時の零士の目。
　思い出すだけで……
　いかんいかん！　これから仕事‼
　気を引き締めないと。赤井さんは大人だから突っ込んでこなかったが、バイトメンバーは容赦ないぞ。

騒ぎ

意を決し、控室のドアを開ける。
「レキ!!　首のそれ!!」
叫んだのはαの宏。
速攻でキスマークと噛み痕を発見されてしまった。
クラスメートでサークルも同じだから、それなりに仲も良いが、面倒くさい奴で何度か口説かれた事がある。
「お前がそんな淫らな事するなんて！　見損なったぞ、レキ！」
「淫らって……」
蔑むように言われ、溜息をつく。
今日は進もいるし、嫌な予感しかしない。

「キスマ、何箇所付けられてんですか！」
「しかも歯形！　ヤバい!!」
「まだ首輪してるって事は番になったわけじゃないですよね!?」
「あんなに爽やかなのに、独占欲強いとか……鼻血出そう！」
他のスタッフも騒ぎ始めた。
う……うるせー！　なんで俺がこんな恥ずかしい思いしなきゃならないんだ。

「レキくん、真っ赤！　許しちゃうって事は結構……」
佐藤さんがニヤニヤしていて嫌になる。
何、その『やーねぇ。若い人は』みたいな顔は！　断じて許したわけじゃないし。
「愛だね」
店長の言葉に、言い返す気力もない。項垂れつつ、制服を手に取り更衣室に向かった。
「愛なんてありません！　店長はあの男の味方ですか？　俺の方が付き合い長いのに……レキ、早く別れろよ。噛み痕だなんて、どうかしてる」
　代わりに宏が答え、出てきた俺の肩をブンブン揺らした。
「やめろ。離せ」
　手を払いのけ、私服をロッカーにしまう。

「ねー、レキさん。キスマ、付けられる時、聞かれるんですか？」
　今度は女子高生二人組が楽しそうに寄って来た。
「……何を」
　恐る恐る聞いてみる。
「『痕、付けていい？』とか」
「きゃー！　やだぁー!!」
「無言でキスマーク！」
「そっちも男らしくて良い!!　萌えます!!」
　まりちゃんとみくちゃんはキャーキャー言っている。
　楽しそうな二人は放置。鏡の前でエプロンの紐を結んだ。

「レキはされるがままだったのか。それとも無理矢理か？　返答次第によっては、ただじゃ済まさねぇぞ！　どっちも許せないけど……一体どっちなんだ。レキ、答えろよ！」
　宏がうるさ過ぎる。
「仕事行ってきまーす」
　知らんぷりして扉を開けた。
「レキさんが逃げた！」
　こういう時、女子高生は容赦ない。
　わざと大声で言われ、肩を落とす。

よろけてぶつかりそうになると、今度は進が俺の所に来た。
「レキさん。何、色気振りまいてんですか！　倒れるんなら、俺の方へどうぞ。あいつ、最低ですね。こんなになるまで……！」
ここにも馬鹿がいる。
どいつもこいつも！
「進。恥ずかしい事を言うのはやめろ。皆に笑われてんだろ」
「どうして、そんな勝手を許すんですか？　ヤラれっぱなしなんて、らしくないです！」
怒る進の横をすり抜ける。
「だから、うるせーって。声落とせ」
製氷機を開き氷を入れ、レモン水を注ぐ。トレイにグラスとおしぼりを乗せ、持ち上げた。
「あいつのどこが良いんですか！」
「お前なぁ……」
周りに聞こえる声で騒ぐとか、どうかしている。
構わずホールに出た。

「レキさん。目を覚ましてください。昼間っから、αの匂いベッタリ付けて出勤だなんて……マーキングとか最低です！」
戻ってからも、進がうるさい。
「騒ぐなよ、進。格好悪いな」
宏がキッチンから注意してきた。余程気に入らないのか、今度は進にまで絡んでいる。
自分もさっき、控室で騒いでいたくせに。
「俺は宏さんと違って本気だったんです」
「はぁ？　俺だって本気だ」

「じゃあ、レキさんのどこが好きなんですか!?」
「口は悪いけど本当は優しいところ」
　宏は自信満々に答えた。
「……なかなか分かってますね。でも勝ったと思わないでください。レキさんの魅力はそれだけじゃないですから。俺が一番好きなのは笑顔です。ちなみに宏さんは甘い物を食べて緩んだ顔、見た事ありますか？　滅茶苦茶可愛いんですよ！」
　進が熱く話す。
「何を今更。それ位知ってる。自分だけが知ってたつもりか？　つーか、常識の範囲だろ。さっきのはあえて挙げるなら答えただけ。レキの良いところなんて知り尽くしてるし」
　口では負けない宏。
　また揉め始めた二人を見て、溜息しか出ない。
　……心底、どうでもいい。常識の範囲ってなんだ。頭の中、空（から）っぽか？　だからαは嫌いなんだ。
「進。ハンバーグ出てる。さっさと運べ。宏は伝票入ってるから中に戻れ」
　阿呆には関わらないのが一番。
　取り合わず仕事に戻った。

＊　＊　＊

　その日は散々だった。皆の目は生暖かいし、進と宏は事ある毎（ごと）に絡んでくるし……
　――調子が狂う。
　大学入ってから、ずっとここでバイトしているけれど。バイト先の人とも仲良くなり過ぎないように気を付けていたのに。
「気にしちゃダメよ」

パートの佐藤さんが話しかけてきた。
「気にしたら負けです」
仕方なく答える。
「ふふふ、そうそう。気にしない！　皆、嬉しいのよ。レキくん、ちょっとガードが固いところがあったから。彼氏ができてから、話しかけやすくなったっていうか……まぁ、進くんと宏くんはうるさいけど」
「ははっ」
「それによく笑うようになって」
「突っ込み辛いです」
答えながら考える。
……俺、変わったのかな。
確かに零士の存在をきっかけに、ここでは少しずつ自分を作れなくなってきている。

「レキくん、休憩どうぞ」
「ありがとうございます。休憩行ってきます」
控室には誰もいなかった。
まかないのドリアをテーブルに置く。甘いカフェラテを一口飲んで、スマホを取り出した。
一応、赤井さんに連絡しておこう。
さっき、教えてもらったライムにメッセージを送る。
〈すみません。休憩に入ります〉
すぐに既読がつき、通知音が鳴った。
〈お疲れ様。予定通り、一時間？〉
〈はい。一時間です〉
〈体調は平気？〉

〈問題ないです〉
〈それなら、ちょっと必要な書類を取りに事務所に一回戻るわね。割と周りのお客さん入れ替わってるから、今のうちに事務所で別人に変装してくるわ〉
零士みたいに別人になるのだろうか。
考えつつ、返信を打ち込む。
〈申し訳ないです〉
〈謝らないで。仕事はかどったし。周りが仕事してる人ばかりだから雰囲気が良いわね。皆で一緒に頑張ってるみたいな……この調子ならオフが作れそう！〉
そう言ってくれると幾分か、気は楽だけれど……

＊　＊　＊

後半の混み具合いは穏やか。赤井さんの変装は完璧で、別人だった。最初は誰だか分からず、オーダーを取りに行ってから、ようやく声で気が付いた。

「レキくんの彼氏、今日はフェラールじゃなくてタクシーみたい」
常連さんに言われ、外を見た。
本当だ。今日は家に帰らず、そのまま来たのか。
「店員さんとの対決、楽しみ！　三人のαがΩを取り合うとか、美味し過ぎる！」
何も美味しくないから。
しばらく経っても、零士は店に入らず外にいた。
珍しい。中に入らないなんて。
しかも駐車場の端で、こっちに来ようともしない。電話とかしているわけでもないのに……？

俺的には、キスマークと噛み痕で悪目立ちをしているから、入ってきて欲しくないけれど。
……もしかして、わざと？　車も目立つから、あえてタクシーにした？　零士は俺の性格を知っているから。

「あ……雨……」
お客さんの声で空に目を移す。雨がパラパラと降り始め、あっという間に地面を濡らした。
零士は傘を差し、それでも中に入ってこない。
「レキくん」
店長に話しかけられ、振り向く。
「店が混んでるから遠慮してるのかも。遠慮せず『店内で待って』って伝えて。気にするなら、控室で待っていてもいいし」
店長の手には店用の傘。手渡されて、仕方なく駐車場に出た。

「おい」
俺の声に零士が顔を上げる。
「……レキ。昨日はごめん。体、大丈夫だった？」
「大丈夫だっての。お前、雨の中、何してんだよ」
「からかわれたら嫌かと思って」
やっぱり……
「店長が『中で待つか控室にいたら？』って」
「平気だよ。あと少しだし。伸びたりする？」
「予定通り」
「じゃあ、ここで待ってるよ。店長に『ありがとう』って伝えといてくれる？」
折れようとしない零士を見る。
「いいから来いよ。……スーツ濡れてる」

「いいの？　多分、騒がれるよ」
「一日中、お前のせいで酷い目に遭（あ）った」
「やっぱり行かない方がいいんじゃ……」
「俺は仕事中なんだ。早く来いってば」
そこまで言うと、零士はやっと付いてきた。

キスマークも噛み痕もマーキングだ。
……前はこういうの、絶対に許せなかったのに。

雨…side零士

今日はいつもの主婦の人、女子高生二人組に進がいるはず。
駐車場で待とうとしたら、レキが来てくれた。首元のキスマークはかなり目立つ。
「昨日はごめん」
謝ると、雨だから店内で待つように言われた。

「いらっしゃいませ。何名様でしょうか」
「七人です」
パートさん達がテーブルを片付けている時、団体客が後ろから入って来た。
「俺、後でいいですよ」
「そう？　零士くんが先だったのにごめんね」
小林さんは俺に謝ってから、団体客をその席へ案内した。
「譲ってくれてありがとう。何か飲み物奢るよ」
コーヒーを淹(い)れていた店長もやり取りを聞いていたようで、わざわざ伝えに来てくれた。
「大丈夫です。混んでる時に入って来てすみません」
「良かったら控室で待っていて」
店長の言葉に頭を下げる。
進が店内にいない……
休憩か上がりか？
キッチンを通り過ぎると、αの男に睨まれた。
確かレキと同い年の……
レキの少し心配そうな顔を思い出す。
本当は面倒事は避けたかったんだろうな。

控室のドアをノックして開けると、進と目が合った。
「あ!!　零士さん！　レキさんの首、酷過ぎます。どういう神経してるんですか!?」
途端に噛みつかれた。
「レキ、怒ってた？」
「なっ……」
俺の言葉に進が詰まる。
「おこ、怒るに決まってんでしょ。レキさんの事、なんだと思ってんですか。あんな独占欲丸出しのマーキング！　こっちは接客の仕事なんですよ!?　しかも噛み痕まで……」
戸惑う進を真っ直ぐ見つめた。
「相談に乗ってくれないか？」
「は!?　なんで俺が……!?」
進は相当面喰らっている。
「不本意だったんだ」
昨日の自分を思い出すだけで落ち込む。
「恋敵に相談って。いい加減にしてください」
不満そうに告げられた。
「Ωのフェロモンに負けた事はある？」
「なんですか。急に。フェロモンのせいだと言いたいんですか？」
「ヤキモチ妬いて暴走した事は？」
「あ……あんた、馬鹿ですか？　それとも阿呆ですか？」
進が信じられないという顔で俺を見る。

その瞬間、勢いよく扉が開く。
そこに立っていたのは、さっきのαの男だった。
「話は聞かせてもらいました。レキは団体客が入ったから、少し伸

びるそうです。俺達とゆっくり話しましょう。どうも……ちゃんと挨拶するのは初めてですよね。俺は宏です。レキと同じ大学、同じ学部。クラスもサークルも同じ。ずっと一緒に働いてます」
バチバチと火花を散らしながら、宏が威嚇してくる。
自分はいつも一緒にいるとでも言いたいのか？
「……そう。レキから一言も聞いてなくて知らなかった」
あっさり伝えると、宏はワナワナ震えている。
……おっと。年下相手に大人げなかったな。
「宏さん、何へコんでるんですか！　零士さんをギャフンと言わせてくださいよ。俺に恋愛相談しようとしてきたんです。ありえないですよね!?」
進がキャンキャン吠える。
「相談に乗ってよ。レキが可愛すぎて困ってるんだ」
わざとらしく溜息をついてみる。
「は、はぁ？　ふざけないでください。正気ですか？　腹立つ。相談に見せかけて、ただの牽制じゃないですか！」
進が更に怒鳴(どな)ってきた。
「ちょっと聞いてみたかったんですけど。零士さんはレキのどこが好きなんですか？」
「全部」
宏の質問に、即答してみせる。
『俺だけに甘えてくれるところ』とか『セックスしてる時の蕩けそうな顔』とか言ってやりたかったけれど、やめておこう。レキが知ったら怒るだろうし。
「俺だって全部ですよ！」
進が対抗してきた。
「前は嫉妬なんてしなかったけど、最近、自分の気持ちがセーブできないんだ。他の男と仲良さそうに話してるだけでモヤモヤするし

許せなくて。レキは束縛されるの、嫌がるからやめたいのに」
　言葉にすると、気持ちが沈んでくる。

　優しくしたい。
　大切にしたい。
　そう思っても、できなくて——

「……まぁ、αなら普通だと思いますが」
　宏がぼそりと呟く。
「宏さん！　何、肩を持ってるんですか」
　進が心底嫌そうな顔をした。
「宏は嫉妬してやらかした事は？」
「そりゃ、αなんで。ありますよ」
「付き合い長いなら、喧嘩(けんか)した相手とか知ってる？」
「レキさんは喧嘩とかしませんよ。誰とでも一定の距離を取る。特にαに対してはより一層壁がある。だからこそ零士さんといる時の自然な感じが許せない」
　代わりに進が答えた。
　自然な感じに見えるのか……
「ありがとう」
　嬉しくて、つい礼を言ってしまう。
「『ありがとう』ってなんですか。勘違いしないでください。褒めてませんけど？　本当になんなんですか！」
　進が慌てて否定した。
「宏は？　そういう時はどうやって謝る？」
　ライバルだけれど、宏はレキの友人でもあるから……
『レキに許してもらう』
　切実な問題を前に、藁(わら)にでも縋りたい気持ちだった。

「俺は謝るの、苦手です。自分が悪いと分かっていても、なかなか謝れない。でもαの立場を利用して偉そうにしてたら、大体、長くは続かない。レキと仲良くなったきっかけは……当時付き合ってた恋人と別れて、仲間内に管（くだ）を巻いてた時なんです」
　宏が話し始め、進は黙った。
「レキに何か言われた？」
「『後悔してるなら謝ればいいのに』と言われました。αって数少ないでしょ。周りはβばっかりで皆、俺に気を遣って言いたい事を言ってくる奴なんて一人もいない。俺、調子に乗ってたんです。自分はαだから何をしても許されると」
　そこでようやく宏は椅子に腰掛けた。
「目が覚めた気分でした。その足で別れた恋人に会いに行って、今までの勝手を初めて謝ったんです。遅過ぎて復縁はできなかったけど、俺はなんかほっとして、レキに報告しました」
　懐かしそうに続ける。
「『次の恋人とはきっと上手く行くよ』と言われ、レキが俺に向かって初めて笑ってくれたんです。しかも、その後、飯に誘われた。一対一（サシ）じゃなくて友人が他に三人もいましたけど」
「妬けるね……」
　でもレキらしいエピソード。嫌いなはずのα。警戒していたのに、目の前で落ち込んでいて、つい慰めてしまったのか。
　進だけじゃなく、宏も本気だったのは誤算だった。
「『妬ける』？　よく言いますね。あんなに匂いベッタリ付けて、噛み痕にキスマ。自分の事、棚に上げないでください」
　宏は呆れながら言ってきた。
「あれはうっかりα用の抑制剤飲み忘れて。フェロモンに負けたっていうか……」

その時、ノックの音がして、扉に視線を移す。
「待たせて悪かったな」
仕事を終えたレキが戻ってきた。
「お疲れ様」
声をかけると、レキはジロリと俺達を見た。
「お前ら、喧嘩してねぇだろうな。これ、店長から零士に」
フローズンラテを二つテーブルに置き、ロッカーから私服と鞄を出している。
「大人なんだからするわけないだろ？」
笑って話す。
レキはそのまま更衣室に入り、着替え始めた。
「レキさん。零士さん……ヤバイです。病んでますよ。付き合い、考え直した方がいいと思います！」
進が更衣室に向かって叫ぶ。

「……お前、何言ったんだよ」
出てきて、少し心配そうに俺を見るレキ。
「今日は聞いてくれてありがとう。俺、頑張るよ」
レキには答えず、宏と進に笑いかける。
「何が『ありがとう』ですか！　もう来ないでください。ついでに頑張んなくていいです。さっさと別れてください」
プイッと進がそっぽを向く。
「俺も別に認めたわけじゃないですから。レキ、また明日」
宏が言ってくる。
フローズンラテを手に取り、レキと一緒に控室を出た。

帰り道…sideレキ

「……あれ。赤井さんは？」
　一言挨拶をしようとしたら、店内に姿が見当たらない。
「俺が店に着いて、すぐ帰ったよ」
　言いながら、零士は鞄を探っている。
「お礼言ってない」
「今から赤井さんに電話するけど」
　店を出てから、零士はスマホの画面をタップし耳に当てた。
「後で代わってくれる？」
　俺の言葉に零士が頷く。

　外はまだ雨。
　隣に立つ零士を見上げた。
「……赤井さん、今日はありがとう。無理言ってごめんね。うん。問題なかったよ。レキがお礼伝えたいんだって」
　零士がスマホを渡してきた。
『もしもし？』
　電話から優しい声が聞こえてくる。
「今日はありがとうございました。長い時間、本当にすみません」
『気にしないで。仕事はかどったし。それより！　レキくん、モテるのね』
「いえ。別に」
『零士が店に着いた時が面白かったわ。明らかにピリピリしてる人が何人もいて！　ふふ。モテ過ぎも考えものよね。反対にＯＬさんとか女子大生は「お似合い」「目の保養」って騒いでたわよ。零士、よくお店に行ってるのね』

嬉しそうに赤井さんが話す。
「えっと……」
なんて答えていいか、困っていると――
『零士に頼りにされて嬉しかったし、気にしないでね。零士に代わってくれる？』
気遣われてしまった。
零士は少し話し、電話を切った。

「レキ、今日はどこに行く？　最初に行ったゲーセンは？　それとも家でゆっくりしたい？　お腹空いた？　どこかで食べてく？」
零士は傘を差してから、笑顔を向けてきた。
……また俺の希望ばかり聞いて。
「手作りハンバーグ食べたい」
とりあえず、そう答えた。
「前に一度教えてもらったし、今日は俺が作るよ。味は？　デミグラス？　トマト？　和風？」
名誉挽回したそうな零士は張り切っている。
「和風がいい。大根おろしが乗ってるやつ」
「よし！　スーパーに行こう」
雨の中、楽しそうに歩く零士に付いて行った。

＊　＊　＊

「玉ねぎはあるから。挽肉、パン粉と大根とシソ……」
零士はカゴに目当ての物を入れていく。
「食後のデザートは？」
デザートコーナーを指差された。
「これがいい」

シュークリームを手に取り、そう答える。
「バイト先で買えば良かったね。近くのケーキ屋さんに行こうか」
「ここのでいい。スーパーのも普通に旨いよ」
「そう？」
気付くと、カゴの中にはシュークリームだけではなく、プリン、レアチーズケーキ、コーヒーゼリーが入っている。
「おいおい。いくつ食う気だよ。しかも、みたらし団子(だんご)まで。これ、意外と旨いんだよな」
思わず笑ってしまうと、零士が目を細めた。
「は、早く買おう……」
なんとなく居心地が悪くてレジへと急いだ。

袋詰めをしていたら、今度は俺の電話が鳴った。
【着信　夏陽さん】
画面に表示された名前を見て、頭を捻る。
電話なんて珍しい。
「ごめん。電話……」
一言断り先に外へ出てから、スマホをスライドした。

「もしもし、夏陽さん？　何か用事？」
普段は滅多に電話してこないから、急用かと思い、尋ねる。
『彼氏に会わせて』
突然の夏陽さんの言葉に、意味が分からず戸惑う。
「急に何？」
『お前の男、天下の零士様だろ？』
「……誰から聞いたの？」
俺の男……ではないけれど。ソナ兄も母さんも、自分から話したりしない気がする。
　どこからか漏れた？
『誰からも。前に街中で会っただろ。テレビを見てすぐに気が付いた。口の動き方、語尾のイントネーション』
「怖いね。夏陽さんの洞察力は」
　バレているなら隠す事はないか。夏陽さんは言い触らしたりしないだろうし。
『ナオトが物凄く心配してたぞ。芸能人と付き合うなんて、無理したり辛い思いしてないかって。周りを気にしないように料亭の個室押さえとくから』
　そう言われ、考え込む。
「……ナオ兄とも最近、会ってなかった」
『零士様が無理だとしても、たまには顔出せよ。お前、ナオトからの電話に出なかっただろ。あの会見見て、俺が気付いて話したら、「騙されてるんじゃないか？」って、そりゃもう気が気じゃない感じだった』
　そっか。着信あったっけ……？
　数日、バタバタしていて、全然気が回らなかった。

　雨はすっかり止(や)んでいた。
　電話を切り、鞄にスマホをしまう。
　零士、なかなか出て来ないな……
　気になり見に行くと、零士はΩの首輪をしている可愛い系の男と一緒にいた。
「良かったら、どこかに行きませんか？」
「いや。連れがいるから」
　困っている零士が目に入る。
「少し！　少しだけでいいんです」

逆ナンか。Ωにしちゃ珍しく積極的なタイプだ。
「……俺には」
「断らないで……僕、一目惚れって初めてしたんです。もしかして恋人がいますか？」
「いる。凄く好きな人。だからごめん」
零士の言葉に頬が熱くなる。
……違う。
別に俺の話じゃない。
「僕、運命の人をずっと探していたんです。あなたみたいな人に初めて会いました。お相手がいても構いません。僕を番の一人にしてくれませんか？」
すげー押してくるな。番の一人って……
その時、カチャカチャと男が首輪を外し、驚く。
「今から僕をあなたの家に連れて行って。噛んであなたのものにしてください」
そう言って、そのΩは零士の手に触れた。

零士は……
ずっと一人ぼっちだったから番が欲しい？

「お願いします！　一度だけ試してから決めてください」
『試す』って何をだよ。
スーパーでは、明らかに視線を集めている。
なんだかムカムカしてその場へ向かった。
「俺の男になんか用？」
遠慮なく間に入る。
「レキ」
俺が割り込んできて、零士も驚いている。

「あなたもΩなんですね。それなら分かるでしょう？　優秀なαを求めるΩの本能を」
　俺の首輪を見て、言ってくる。
「本能なんて関係ねぇ。俺のもんに触んな。共有するつもりはない。俺は優秀だから一緒にいるわけじゃ――」
　そこまで言いかけてハッとする。
　しまった……！　ついムカついて。

　スーパーで悪目立ちしてしまい、慌てて零士の袖を掴む。Ωの男を無視し、零士の腕を引っ張り店を出た。
「レキ。今の……」
　外に出ると、信じられないという顔を向けられた。
「助けてやったんだよ。あいつ、粘着質っぽいから」
　早口で説明する。
　別に嫉妬とかじゃない。あのΩが気に入らなかっただけで。
「レキ」
「早く行こう」
　変な空気に耐えられない。

　全力で言い訳を考えていたら、目が合い沈黙が訪れる。
　ふらふらと零士が俺に近付く。抱きつかれるのかと思い一瞬身構えるが、何もされなかった。
「……長い戦いになりそうだ」
　落ち込む零士を盗み見る。
「あんな約束しなきゃ良かった……」
　独り言のように呟いて、零士はくしゃくしゃと髪をかき上げた。

「あいつ、好みだった？」
「え？」
　帰り道、急に不安な気持ちになって聞いてみた。
「いや。俺、邪魔したかなと思って」
「……」
「零士？」
「レキ。俺の事、試してるの？」
　言われた言葉の意味が分からず、振り向く。
　零士が大きな溜息をついた。
「抑制剤、飲まなかったのが原因だけど、自分がやった事は最低だし、反省してるんだ。誠意見せたいのに。なんで今日に限ってそんな可愛い事言うの？」
「か、かわ――」
　少し困った顔で見られて、一気に顔が熱くなる。
「分かってるよ。助けてくれただけだって。でも期待しちゃうだろ。『俺の男』とか、勘弁してくれ」
「な、何を」
　動揺し、声が上擦る。
「あんな風に言ったら、普通はその場でホテルに連れ込まれるよ。俺は前科持ちだから我慢するけど」
　悔しそうに零士が続けた。

　その時、視線を感じ、後ろを振り向く。すると建物に誰か隠れた気がした。
「多分、さっきのΩ。家まで付いてきて住所がバレると面倒だ」
　こそこそと耳打ちされる。
　どうやら零士は始めから気付いていたらしい。
　本当にさっきのΩに対して、特になんとも思ってないのか。

自分の思考にハッとする。
なんで俺が安心しなきゃいけないんだ！　――今の無し‼

「なぁ、提案なんだけど……」
「何？」
素っ気なく答えると、変に思ったのか、零士は立ち止まった。
「レキ？」
心配そうな零士の声に、仕方なく顔を上げる。
「俺達がイチャイチャしてたら、さっきの人、諦めないかな」
悪戯(いたずら)っ子みたいな顔をして零士が笑う。
「……お前、昨日の約束は？」
「俺からは触らない。レキが俺に抱きついて頬にキスしてくれたら、流石にいなくなるかも」
「お前なぁ」
俺からキスだと⁉
「ちゃんと約束は守るよ。俺は絶対に変な事しない。だけど困ってるんだ。協力して？」
なんだ、その『良い事思いついた』みたいな顔は！

「マズいな。まだ付いてくる」
零士は後ろを確認し、小声で言ってきた。
「……そこの公園に入る？」
ストーカーΩは意外としつこい。
「『番の一人にして』とか会ったばかりの相手に言う台詞じゃないと思う」
零士の言葉に少し驚く。
「役得とかじゃないんだ」
αならモテるのは当たり前。

たった一人を想うなんて、αらしくない。
「番を何人も作るαも中にはいるけど、俺にとっては番は『特別』だから一人でいい」
『特別』？　前、俺に番の話したじゃん。
く……口説いてるつもりか？
「どうしよう」
零士の声に目線を上げる。
「全然、諦めそうにない。とりあえず座ろう」
ベンチを指差され、言われるまま腰を下ろす。
「さっきの作戦しかないと思うんだ」
零士が耳打ちしてきた。
「困ったな。これじゃあ、家に帰れない。ハンバーグ用の挽肉も駄目になっちゃうかも」
わざとらしく困った顔をする零士。
なんで俺が……
そう思うが、気配が消えない。
他に手もなさそうだし。
「……どうすればいいんだ」
覚悟を決め呟く。
「くっついてくれるだけでいいよ」
零士がゆるゆるの顔で笑った。
なんだよ、その面（ツラ）は。緩み過ぎだろ。
不本意だが仕方ない。
スーパーで俺が挑発したのも原因の一つだと思うし。
「こ、こうか……」
そっと側に寄ると、零士は明らかに嬉しそうな顔をした。
「……何ニヤけてんだよ」
「レキから抱きついてくれるの、初めてだね」

囁くように言われ、段々恥ずかしくなってきた。
「ただのストーカー対策だし」
「……レキ。赤くなってる」
嫌な指摘を受けて、余計に顔が熱くなる。
「赤くなってねぇし！」
「ちょ、暴れないで。しー。恋人っぽく……ね。そうだ。腰に手を回してもいい？」
エスカレートする要求に首を振る。
「嫌だ」
すでにギブアップしたい。
「でも、これじゃあ、あまり仲良い感じに見えないし。俺がノーリアクションだと意味がないっていうか……髪を撫でたりとかした方がいいかも？」
なんか俺、騙されている？　全部、零士の思惑通り？　誘導された感が半端ないんだが……
でも確かにまだいるっぽい。その方が諦めるか？
「勝手にしろ」
仕方なく、そう答える。
本当はあまりくっついていたくない。心臓の音が騒がしいし、何よりこんなの零士にバレたくない。

ぎゅっと抱きしめられた。
甘い香りとすっかり慣れた煙草の匂い。
――どこか安心するのはなぜなのか。
夜の公園は犬の散歩、ジョギングをしている人がいる。すれ違う度にチラチラ見られた。
「……おい。まだかよ」
耐え切れず、一分も経たないうちに聞いてみる。

「うん。まだ、いるね」
　緊張してしまい、ストーカーΩの気配が探れない。
「もう、いないんじゃないの」
「いや。まだ」
「……とりあえず移動してみよう」
「あと少しだけ」
　そう言って髪を撫でられた。
　零士はなかなか離してくれなくて、死ぬ程気まずい空気の中、長い時間、ただ抱き合っていた。

意識…side零士

フェロモンのせいで『特別』を作れなかった俺。
過去の事があって『特別』を作らないようにしていたレキ。

——もし運命を選ぶ事ができるなら、俺はレキがいい。

『俺の男になんか用？』スーパーでΩの子に捕まっていたら、レキがまた助けてくれた。
「家まで付いてきて住所がバレると面倒だ」
Ωの子を諦めさせる為、それらしい事を並べ、夜の公園のベンチでレキを抱きしめた。
「……おい。まだかよ」
レキは周りが気になり、落ち着かない様子。
少し意識して欲しくて、手を伸ばした。

「キスの振りをするから動かないで」
「え？」
レキの左肩に手を置き、距離を近付ける。
「れ、零士……」
「大丈夫。本当にはしないから」
戸惑うレキを宥めるよう、そっと囁く。
引き寄せて目を合わせると、レキの顔が赤くなった。
うわ……どうしよう。滅茶苦茶、可愛い顔をしている。こんな表情を見せられて我慢とか、なんの修行だ。
甘い香りにクラクラしながら、平静を装う。
唇まであと数cm。

隠れているΩの子から見て、キスの位置で止まる。
レキは目をぎゅっとつぶってしまった。
――手が届きそうな距離。
お互いの心臓の音が聞こえ、落ち着かない気持ちになる。

キスしたい。
レキが怖がらないように優しく。

けれど――
『俺からは触れない』
思い出したのは、自分で言った台詞。嫌がる事はしないと信じてくれているなら、手を出したら問題だ。信頼を失う事になる。
馬鹿な事を言って、レキを怒らせたのは記憶に新しい。しかも昨日の大失態。次があるとは限らない。
それに俺は誠意を見せると、約束をした。
心から悪かったと思っている。
――これは自業自得だし、俺に与えられた試練なんだ。
その時、Ωの子が諦めて帰っていく気配を感じ、体を離した。

「もう帰ったみたい。目、つぶってたら本当にするよ？」
「え……」
レキは驚いて目を開けた。
「……何？　されたかったの？」
本心を隠して何でもない振り。少しおどけて話した。
「ふざ！　ふざけんな！　離せっ！」
恥ずかしかったのか、怒鳴るレキ。
「離してるよ」
「う、う……うるさい‼」

「よしよし。落ち着いて」
　レキの背中を擦る。
「子ども扱いすんな！」
　怒って手を振り払い、背中を向けられる。
「違うよ。猫扱い」
「だから、なんで猫!?　似たようなもんだろうが！」
「全然違う。猫に謝って」
「はぁ!?」
　もし、あのまま俺がキスしたら、レキはどう思っただろうか。
　呆れる？　見損なう？　俺の事、嫌いになる……？
「お前なぁ！」
「怒るなよ。俺、我慢したのに」
「な……」
　肩を掴み振り向かせて、レキをじっと見つめた。

「……キス、本当はしたかった」
　本音を伝えると、レキは口を開けたまま固まっている。
「いつか、させてね」
　とりあえず、とびきりの笑顔で笑ってみせた。

予定

「そういえば、さっきの電話、友達？」
　帰り道、あまりに気まずそうなレキに違う話題を振ってみる。
「……そうだ。覚えてる？　前に街中で会った茶髪の男……うちの一番上の兄の旦那」
「覚えてるよ」
　ヤキモチを妬いて暴走した相手。黒髪αは敵じゃないとスタボで会った時に分かったが。
「そいつから電話だったんだ。零士に会いたいんだって」
「俺に？」
「えと……うちの兄も一緒に四人で？」
　突然の話に驚く。

　旦那の方は見るからにα。ギラギラしていた。
　レキに対して邪な感情がないか、見極めるチャンス……
「照れるな。家族に紹介とか」
　当たり障りなく、そう言っておく。
「はぁ!?　違うっつーの！　何が紹介だ！」
　焦るレキを見て、噴き出す。
「はは。分かってるよ。記者会見で心配かけたんだろ？」
「言っとくけど、ソナ兄や母さんは話してないぞ。一番上の旦那が『イントネーションと口調で気付いた』と言ってた。あいつは恐ろしい奴だ。ナオ兄に近付く奴は瞬殺だし」
　αにしては珍しく溺愛系らしい。
　この前のは本当にただの心配……？
「俺も会ってみたいな。約束、取り付けてくれる？」

「場所はあっちが料亭の個室を押さえるって言ってた。親が社長でそういう店、詳しいっぽい」
「家でやらない？　お寿司はちょっと良いやつをデリして、デパ地下で美味しそうなおつまみを買おう。お酒は何が好き？　もし高級志向で失礼に当たるなら、シェフと板前とパティシエ、バーテンダー、何人か呼んで——」
「おいおい。やり過ぎはやめろ。何、張り切ってんだ」
「張り切るに決まってんだろ。お前の家族なんだし。真ん中のお兄さんと彼氏も呼んじゃう？」
「呼ぶか！　絶対にからかわれる。兄達の旦那と彼氏がくっつくと最強に面倒くさいんだよ。惚気話ばっかりで滅茶苦茶疲れる！」
　レキに惚気話する位なら、気持ちはないのか。
「食事はどっちが良いと思う？」
　緩む口元を隠しながら聞いてみた。
「二人とも手作りすると喜ぶと思う。兄の旦那はなんでも飲むかな。ビール、焼酎にウィスキーに日本酒。ナオ兄は甘めのサワーかカクテル」

　手帳を開き、確認。レキに見せながら指を差す。
「金曜日はしばらく空いてる。ここからここまでは８時以降なら平気。日曜日は遅くなるかも。この水曜は早いんだ。５時には終わる予定。この日は撮影が押す可能性があって、こっちがドラマの飲み会。ここはラジオに出るから夜いない」
「そんなに覚えらんねぇ」
　説明すると、レキは困った顔をした。
「写真撮って」
「……いいのかよ」
「都合つけば、明日とかでもいいよ？　６時には終わる」

「明日!?　急過ぎだろ」
「だってレキのお兄さんに早く会いたいし」
　そう伝えると、レキは深い溜息をついた。
「あのな、忠告しとく。旦那は夏陽さんって言うんだけど、ナオ兄至上主義。かなりのヤンデレで病気だ。あまりナオ兄を褒めたり、不用意に近づくなよ。和(なご)やかに挨拶するご近所さんも、顔見知り程度のコンビニ店員も、社交辞令で飲み会に誘うただの仕事相手も全部敵。平気で私情を持ち込むような奴だ。相手がトップスターでも関係ない。最悪、刺されるか、帰り道に闇討ちされるかも」
　レキの真顔を見て堪(こら)え切(き)れず吹き出した。
「ふ、ハハッ。いいね。面白そう。三人の都合の良い日でいいよ」
「面白そうって。お前なぁ」
　良かった。全く心配なさそうだ。

　ふと異変に気付く。レキの顔色が普段より悪い気がする。
「レキ、熱あるんじゃない？」
「……え。別に具合悪くないけど？」
　レキは自分の額(ひたい)を触って、確かめている。
　でも心なしか目元がぼんやりしていて、首元も赤い。
「ちょっとだけ触るよ。熱、計(はか)るだけだから」
　レキの額に手を当てた。
「……いつもより熱い。多分、微熱。ウロウロしてる場合じゃない。すぐに家に帰ろう」
　スマホを取り出し、タクシー会社に電話をかける。

「すみません。タクシーをお願いしたいんですけど」
　話していると、レキが服を引っ張ってきた。
「おい。家、すぐそこだろ。タクシーなんていらない。歩ける」

『静かに』とジェスチャーを送る。
「自然公園の北口まで。……ええ、お願いします」
　電話を切ると、レキが不満そうに言ってきた。
「無駄遣いするなって。歩いてすぐじゃん」
「俺が無理させたからだろ……大丈夫？　タクシーすぐ来るって。座って待とう」
「大丈夫だってば」
　さり気なく手を引き、ベンチに座らせた。

【12.Control】

体調不良

レキを家に連れて帰ると、先程より調子が悪そうだ。
「はい」
体温計を渡す。レキは素直に受け取ると、熱を計り始めた。

「どう？」
「37.2度」
気丈に話すレキが心配になる。
「……やっぱり」
「大した事ないよ。っていうか、お前……よく分かったな。本人も気付いていなかったのに」
「病院行く？　マンション内にあるよ」
「これ位なら平気。朝には下がるだろ。それより早く寝たい。一応、総合薬かなんか貰ってもいい？」
棚を探り、常備薬を渡す。
「お腹は？」
「うーん。微熱があるって自覚したせいか、あんまり空いてないかも。ごめん。せっかくハンバーグ作ろうとしてたのに」
申し訳なさそうにレキが話す。
「うどんなら食べられる？」
「うん。冷たいやつがいいな。大根おろしとシソも入れて欲しい。シャワー借りる」
リビングを出ようとするレキの後ろ姿を見つめる。
普段あまり自己主張しないのに。熱のせいだろうか。

「熱もあるし明日にしたら？」
声をかけると、レキは振り向いた。
「やだよ。汗かいてるし」
「一緒に入る？　俺が洗ってあげようか？」
「阿呆か。いらん」
レキは行ってしまった。

その間に乾麺のうどんを準備した。つゆを計量し、大根をおろしてシソを細く切り、うどんが完成。
テーブルに運ぶと、レキがソファで寝ていた。
いつの間に……
「髪の毛を乾かさないで、こんな所で寝たら熱酷くなるよ」
声をかけると、レキの目が開く。
「……立つの、面倒。零士、ドライヤーして？」
甘えるような口調。しかも上目遣い。
なぜか俺のシャツを着ているし。
「……？」
今のは一体、なんだろう。
とりあえずドライヤーを取りに行く。

「零士の目の色、綺麗だな」
髪を乾かしている最中、何を言われたのか分からずに固まる。
「シャツなくて借りちゃったんだ」
「そ……それはいいけど……」
その時、レキが袖を口元に当てた。
「……零士の匂いがする」
「！」

――なんだ!?　レキがおかしい。
「零士、頭撫でて」
「え!?」
思わず聞き返してしまった。
「……駄目？」
「いや……ダ……メじゃないけど……」
手を握られ、不安そうに見られる。
「お願い」
その言葉に絶句。
レキは俺のシャツを掴み、そのままくっついてきた。

「零士……」
悲しそうな声を聞いて、混乱しながら目を合わせる。
「どうして撫でてくれないんだ」
シュンとするレキを見て、開いた口が塞がらない。
「早く」
レキが俺の手を持って自分の頭の上に乗せた。
考えが纏まらず言われるまま、ぎこちなく頭を撫でると、レキが嬉しそうに笑った。
……か……可愛い。
雷に打たれたような衝撃を受ける。
だがキュンとしている場合じゃない。やっぱり変だ。
慌てて、さっき渡した総合薬の瓶のラベルを確認した。

【使用上の注意】
・過剰摂取すると酒酔いに似た症状が出る事があります。容量をお守りください。
・眠くなる事がございます。運転はお控えください。

・抑制剤との併用は医師、又は薬剤師にご相談ください。飲み合わせによっては、稀に頭痛を引き起こす場合があります。自己判断せず、ご購入前にご相談を。

これのせいか！　しまった。諸注意なんて普段読まないから……
「レキ……薬、何錠飲んだ？」
慎重に尋ねる。
「六錠」
「六!?　『一回二錠』って書いてあるだろ!?」
思ってもいなかった返答に焦り、大きな声を出してしまった。
「だって、ここに……あ……『一日、六錠以上服用しない』を見間違えちゃった」
箱を見ながら、レキがあっけらかんと笑う。
「レキ。抑制剤見せて！」
慌てて詰め寄る。
「なんで？」
「いいから！」
レキは鞄の中から抑制剤を取り出し渡してきた。
スマホを開き、記（しる）されている番号を打ち込んだ。

「すみません！　飲み合わせについて、伺いたいのですが」
電話が繋がり、ザッと状況を説明。抑制剤の種類、飲んでしまった量、症状を話した。
問い合わせたところ、量や飲み合わせによる重大な健康被害は報告されていないとの事。『ほろ酔い』の状態になる事が一番多く、経過は自宅で見ても問題ない。そう言われたが、心配で仕方ない。

「レキ。念の為、病院に行こう」

一度、片付けた鞄を掴む。
「……行かない」
「実際に診てもらった方がいい」
「保険証も金もないし」
「立て替えておくよ」
「嫌だ」
頑なな答えに困ってしまう。
「病院嫌い？」
「怖い……」
意外な一面に驚く。
「大丈夫だよ。ここの医師は皆、優しいから」
「じゃあ、零士も一緒に来てくれる？」
「……うん」
不謹慎かな。弱っているレキ、可愛い。

混乱

　クリニックの待合室。時間は遅かったが、ポツポツと人がいた。
「ここ、ちょっと寒い」
　レキは青い顔で震えている。
　多分、熱のせいだろう。
　羽織っていたシャツを着せると、嬉しそうにレキが微笑んだ。ドキドキしながら、反対側の椅子を指差す。
「エアコンの風が直接当たるから、移動しようか」
　立ち上がろうとしたら、急に腕へ抱きつかれた。
「こうしてたら、温かいから平気」
　レキの台詞に困ってしまう。
　……俺は平気じゃないんだが。
　待合室で集まる視線。どこからどう見てもラブラブの恋人同士。
　手を伸ばし肩を抱くと、レキは幸せそうに目を閉じた。
「零士、温かい……」
　思わず悶えそうになるが、ここまで普段の言動と違うと、心配にもなった。

「零士。禁煙しないの？」
　不意に振られた話題。
「煙草嫌い？」
　吸わない人にしたら、匂いとか嫌なのかもしれない。禁煙してみるかな……
「煙草吸った後だとあまり零士の匂いがしないから。やめた方がもっと良い匂いするかなと思って」
「そう……」

……どういう事？
「この前、抑制剤飲まなかった日、凄く甘くて良い匂いがした。俺、零士の匂い、好き」
そ、そうだったのか。俺の匂いが好きだなんて初めて聞いたぞ。
「珍しい。零士も照れる事あるんだ」
レキが笑って、俺の頬を撫でた。
こんな事をされて、俺にどうしろと。
……ここが病院の待合室とか、どうでも良くなってきた。

＊　＊　＊

レキの誘惑に耐えつつ、なんとか診察を終える。
結果は問題なし。自宅で経過を見るよう言われた。抑制剤と併用可能な風邪薬を出してもらい、今度は精算する為、レキを椅子に座らせる。受付で呼ばれ、財布を取り出した。

会計をしていると、レキが俺の横に来た。
「大丈夫。座っていいよ」
「……楽しそうだな」
「え？」
言われた言葉の意味が全く分からない。
「仲良いな、って言ってんの」
少し不機嫌そうにレキが言う。
会計をしていただけなのに、戸惑ってしまう。
「零士は……俺のだろ？」
俺の……？

『発情期中は精神的に弱くなっています。風邪や薬を飲む事で、普

段しっかりしている人が反動で我儘を言ったり、涙脆くなったり、甘えたりするのは比較的よくあるケースですよ』
　診察の時、医師はそう言っていた——けれど。
　意外過ぎるレキの一言に理解が追い付かない。

「早く家に帰ろ」
　抱きつかれて、思わずニヤけてしまった。
「……あと薬局に」
　不意に繋がれた手。指を絡められて、心臓が騒がしくなる。
　レキとは何度も寝た。
　……でも、こんなの、初めて。

　薬局は混雑している。空席は一つだけ。レキを座らせようとしたら、座らず俺に付いてきた。
「座ってて」
「やだ」
　今度はなんだ……
　警戒しながら向き合う。
「零士と一緒にいる」
　少しよろけながら、壁際に立っていた俺の横に来て、ぴと……とくっついてきた。
　甘えられるのに耐性ゼロな俺は、手も足も出ない。
　俺を見上げ、ふわっとレキが微笑む。
「零士……」
　いつもはすぐに目を逸らすくせに……
　今日は全然逸らさない。

──突然、シャツの中にレキの手が入ってきた。ギョッとして手首を掴む。
「19番の番号札をお持ちの方。お待たせ致しました」
「呼……ばれてるから行ってくるね」
流石に動揺が隠せず、慌ててカウンターへ向かった。

＊　＊　＊

どうやって部屋まで帰ってきたのか、よく覚えてない。思えばレキはずっと変だった。
「ねぇ。しよ？」
玄関開けるなり、レキから誘われる。
レキからなんて、最初の日と媚薬飲んだ時位。誘うのはいつも俺の方だった。
「……だ……駄目だよ。お前、熱あるし」
なけなしの理性を振り絞る。
「平気。する」
「俺、ちゃんと誠意を見せたいんだ」
とりあえずリビングに連れて行き、ソファへ座らせた。
「別に怒ってない。俺が抑制剤隠したせいだし。……断るなよ。俺、お前としたい」
膝に乗られ首に腕を回されてしまい、生唾を飲み込んだ。悩ましげな目で見られ、必死に言い訳の言葉を探す。
「熱が……」
こんなレキ、もう見られないかもしれない。でも弱っているところに付け込むなんて……！

「俺の事、抱いて」

瞬(まばた)きをしたら、レキの長いまつ毛が揺れた。
言葉なんて一つも出なくて……
吸い込まれそうな瞳をただ見つめる。
堪らなくて、その細い体を抱きしめた。
……もう、いい。坊主になろう。

シャツを脱がされ、ベルトを外される。
うっとりしていたら、ソファに押し倒されてしまった。
積極的……
レキが俺のに触れ、合わせてきた。
「レキ！　慣らさないと」
そのまま挿れそうな勢いのレキに静止をかける。
「だって昨日、何度もしたから、きっと挿(はい)るよ」
なんて台詞……
「ちゃんとしないと怪我をする」
「平気。もう待てない」
「駄目だって。おい。レキ！　——ッ！」
やわらかくて熱いそこは、濡れて絡み付いてきた。
快感に目眩がする。
嘘だろ。避妊してない！

「ま、待て！　ゴムを!!」
「ん、ふふ。入っちゃった。でも、ちょっと痛いかも。動かないで、零士」
これはなんの試練だ。
短く息を吐いて快感を逃(のが)す。
「レキ……」
「零士は動いちゃ駄目。ね……約束？」

「無茶……言うなよ」
それよりゴムを。
頭の片隅で考える。やめさせなきゃいけないと思っているのに、体が言う事を聞かない。
人には限界ってものがある。どんなに理性的でもストイックな奴でも。ずっとクールだとか飄々(ひょうひょう)としていると、言われてきた。
……こんなのに耐えられる奴はいるのか？
少なくとも俺は無理！

レキを大事にしたい。
誰よりも大切に想っている。

優しく宥めて、きちんと避妊してからするべきだ。それ位分かっている。……でも。
俺の上で乱れて、吐く甘い吐息はいつもより扇情的で。
「……れいじ」
目を見つめられて、切ない声で名前を呼ばれたら、込み上げる願望を抑え切れなくなる。
――血液が沸騰しそうだ。
「ん、ん……零士も……気持ちいい？」
俺を窺う声。潤んでいる瞳。拙い腰の動き。
中が濡れて溢れてくるのが分かる。
「避妊……してない……」
なんとか伝えた。
レキは今、変なんだ。
後で落ち込ませたり、悲しませたりしたくない。
快感に流されたら、きっと後悔する。
もうすぐレキは教育実習と就活。妊娠しながら、できるのか？

できないだろ！
　俺がレキの足を引っ張ってどうするんだ。
　教職は堅い仕事だ。例えば実習先で受け入れてくれたとしても、どんな目で見られるか。就職先なら尚更。
　レキがもし妊娠のせいで夢を諦めるような事になったら……？
　そんなの、立ち直れない。

「俺、生でヤるの、初めて。温かい……ね……」
　何、それ。なんだ、その可愛い顔は。
　それでも震える手で鞄に手を伸ばす。
「余所見しないで……」
　涙目で見られて思わずフリーズ。聞いた事のないお強請りに胸を撃ち抜かれる。
「今日は俺が頑張るから」
　頑張るって……
　頭がガンガンいっている。
「……零……士……」
　レキがぎゅっと抱きついてきた。
　――このままだと、レキに殺られる。
　押さえつけて噛み付きたい。レキが泣くまで滅茶苦茶にしたい。
　体中から湧き上がる欲を必死に抑える。
　これ以上はやめろ。俺、本当にギリギリなんだ。こんな据え膳。このままだと、衝動に駆られる。きっと嫌がっても止められない。
　落ち着け。今は発情期中。ゴムを付けなかったら――
「……ァ。俺、気持ち良くなって……きちゃった……」
　可愛い声に蕩けそうな表情。レキの頬が赤く染まる。
「ぅ、はぁ……ア……んん。零士……やらしー顔してる……感じてる顔、好き……」

耳元で囁かれ、固く目を閉じた。
『好き』
らしくないレキの台詞に振り回される。
も……もう、どうにかしてくれ！

『俺、小学校の先生になりたいんだ』
レキが初めて俺に将来の夢を話してくれた日を思い出す。
少し恥ずかしそうに話してくれた。
——天職だと思った。
優しいレキ。きっと子どもからも好かれて、生き生き仕事をするんだろうなって。
今までは話さなかったお互いの事。未来の話。心を許してくれたようで嬉しくて……

——俺は。

無理矢理、体を離す。
昂ぶっていたものをレキの中から引き抜いた。
「なんで抜いちゃうの。……嫌だった？」
レキが悲しそうに話す。
答えず、鞄を掴みゴムを取り出した。
次はどんな攻撃が来るか、分からない。その時に耐えられるか、全然自信もない。とにかく早く……
「零士、ごめん。怒んないで」
事態が理解できず、一生懸命謝るレキ。
「俺、怒ってな——」
言いかけると、レキが抱きついてきた。

「レキ……」
俺の声にレキが不安そうに顔を上げる。
「怒ってない。お前が可愛くて困っただけ」
「……でも」
レキは叱られた子どものように、落ち込んだ顔をしている。
「違うよ。教育実習、楽しみにしてただろ。万が一妊娠したら、大変な思いをすると思って」
「本当？」
上目遣いで見つめられて頷く。
「……なんだ。俺、嫌われたのかと思った。零士、優しいな。そうか。良かった」
レキが手を握ってきた。
『優しい』だなんて、初めて言われた。
全然慣れない。
レキに見られているだけで気持ちがふわふわする。

「ねぇ。早く続きしよ」
頬を寄せられ、首元に吐息がかかる。
「口でする？」
「……!?　い、いや……大丈夫。また今度」
今度は口!?　勘弁してくれ。自分から『口でする？』なんて。
「じゃあ、俺が付けてあげる」
「……ぐっ……ゴホゴホッ！」
付けるって、ゴムを……？　本格的にレキがおかしい。
「零士、風邪？」
「コホン。違う」
どこから突っ込めばいいんだ。
「ほら。貸して」

「……うん」
言われるまま、ゴムを手渡す。
「俺、人に付けてあげるの、初めてかも。零士には特別サービス」
はず……恥ずかしい。特別サービスって何!?　俺だけ……？
混乱しながら色々考える。
「できた」
嬉しそうにレキが笑う。
「あ、うん……」
気を取り直して。向き合って抱き合う。
抱きしめていたら——
「俺もキスマーク付けてみたい」
レキがおかしな事を言ってきた。
「……レキ？」
「俺、一回も付けた事ないんだ。付けてもいい？」
全然、意味が分からない。
答えられずにいると、レキがそっと肩に手を置いた。

チュ……
首に唇が当たる。
レキ。今、なんて言った？　俺は今、何をされている？
きつめに吸われ、カァッと体が熱くなる。
——嘘だろ。キスマーク!!
非現実的過ぎて理解が遅れた。呆然とする俺の首に、レキがそっと触れる。
「俺のって印……」
少し照れながら、レキがはにかんだ。
その瞬間、俺の中の糸が切れた。盛大に。

「……煽るのも、大概(たいがい)にしろよ」
レキを思い切りひっくり返す。
無理矢理、足を開かせると、レキは「こんな格好、恥ずかしい……」とか言いながら赤い顔でモジモジしている。
「この……！　いい加減にしろ！」
我慢してたのに!!
遠慮なく一気に貫く。
「っアァあっ!!」
言葉にならない想いを激しくぶつけた。
「ゃ……そんなにしたら……！　ァ……あぁっ！　あァ!!」
奥の奥まで入り込みたい。
想いは留まる事を知らず、快感が俺を暴走させる。
「……あ、奥……ッ。やっ!!」
「嫌？　こんなになってるのに……？」
嫌がるレキを押さえつけて、挿送を繰り返す。
「ヤッ！　気持、ち……いい……あ、ァ……」
いつもより素直なレキに、今にも負けそう。
「ぅ、んん!!」
「レキ、顔見せて」
「あ！　アッ！　激しいのヤッっ!!　ん、ん！　見ないで……恥ずかしいから……」
レキは手で顔を隠してしまった。
そんな事言われたら、絶対見たい。
「そんなにしたら駄目っ!!」
レキの弱い所を攻め、強引に手を剥がし指を絡ませる。

ドロドロになるまで、一つに溶け合いたい。
「ん、あぁアァ！　も、ぅ……！」

足を持ち上げると、レキは目をうるうるさせてこう言った。
「……零士。俺、またイキそ……」
思わずムラッとしてしまい、更に攻め立てた。
「レキ……」
足を開かせたまま、奥を何度も何度も犯す。
「ヤダ！　やぁ！　ンンッ……!!　アッ！　お願いっ！　もっとゆっくり……」
レキの望みならなんでも叶えてあげたいけれど。
「……ごめん。可愛くて無理」
一層、動きを激しくしてレキを追い詰めた。
「や！　見ないで!!　あ……あぁぁッ!!」
「俺の目を見て……」
「ん、あアァぁっ——!!」
快感に耐えるレキ。体をしならせ、温かいものが体にかかる。
熱があるからやめないと……

でも歯止めが利くはずもなく——
手早くゴムを付け替え、もう一度奥まで差し込む。
「……ッ！　やぁあぁ！」
レキの甘い声に耳が犯されそう。
「キツ……」
「ャ、やめ！　イッてるから！　動かないで!!」
泣きそうなレキを抱きしめる。
「そんな可愛い声、上げて……中を滅茶苦茶にされるの、好き？」
「や……んッ！」
逃げる腰を押さえつけて、更に動きを早くした。
「あぁアァッ！　そこっ！　んん……」
「ここがいいの？」

俺の下で乱れるレキは可愛くて。
「違！　あぅ……駄目っ!!」
「そんなに締めないで」
「ヤダ！　また……イ、ク……あぁアァ！」
——甘い香りが強くなり、歓喜で体が震える。
その後、ドライで達したレキを何度も虐めた。

＊　＊　＊

熱のせいか、レキはすぐに落ちてしまった。ベッドに寝かせ、項垂れる。
人生は反省と後悔の連続だ。人は何度も同じ過ちを繰り返す。
……俺は頑張ってもレキに勝てない。
その事実が発覚しただけ。
溜息をついてから、眠ってしまったレキをそっと抱きしめた。

後悔…sideレキ

死にたい……
いや、いっそ誰か俺を殺してくれ。

『零士の匂いが好き』
『零士は……俺のだろ？』
『俺の事、抱いて』
『キスマーク付けていい？』
『俺のって印』
——自分が信じられない。
首にくっきり残るキスマークを見て、俯く。
醜態を晒(さら)してしまい、残念ながら記憶もしっかりと残っている。

抑制剤との組み合わせが悪かったらしい。合わせて風邪薬の過剰摂取。言われなくても分かっている。間違えた俺が悪い。
横を見ると、珍しく零士はまだ寝ていた。
……か……帰りたい。
ふらふらと布団から出る。
バイト先にもマスコミっぽいのいなかったし、もう家に戻っても平気だよな……
自宅だと零士が迎えに来るから、インターネットカフェ(ネカフェ)に避難しよう。バイト先では速攻で逃げて、しばらくパン一個で我慢して連泊。それしかない。

「レキ」
ベッドを下りようとした時、声をかけられギクッとする。

「熱は？」
「……無い」
　振り向く事ができず、短く返した。
「昨日の事、覚えてる？」
「何も覚えてない」
　零士の質問にそう答える。
　こうなったら、しらばっくれるしかない。
「抑制剤との飲み合わせが悪くて、レキ、薬を六錠も飲んじゃったんだ。頭痛とかは平気？」
　覚えていないとの苦し紛れに対して、特に突っ込まれなかった。
　……騙されてくれるつもりか？
　チラリと見ると、嬉しそうな顔が目に入る。
　なんだ、その面は。騙されるつもりなら、ちゃんと表情も作れ！プロだろ。完璧に演じろよ!!
　気まずくてそっぽを向くと、零士が何かを手渡してきた。
　手の中にある物はどう見てもバリカンだった。
「ごめん。熱もあったのに、昨夜は約束を破った。夜のうちに買ってきたんだ。覚悟はできてる。お前がやってくれ」
『約束を破ったら坊主にする』
　律儀に守るつもりだったのか。
「大人で使う奴がいるか！　大体なぁ。今時の小学生でさえ、美容院に行くんだぞ」
　堪えきれず爆笑してしまうと、零士は目を細めた。
「坊主なんて望んでない。過ぎた話だろ。もう別に……」
『俺から誘ったし』とは言えず、口籠る。
「じゃあ、触ってもいい？」
　答えずにいると、零士が抱きついてきた。
　珍しく今朝は煙草の匂いがしない。昨夜、『やめたらいいのに』

とか俺が言ったから……？
　脳内で悶絶していると、零士が頭を撫でてきた。
　サッと腕をすり抜け、逃げるようスマホを手に取る。
　スマホの画面を見て驚いた。
「こんな時間なの!?　零士、仕事は？」
「大丈夫。今日は少し遅いんだ」
　零士は呑気に欠伸をしている。
　そこで、ちょうどライムの通知音が鳴った。

〈朝早くにごめん。夏陽が約束取り付けたって言ってたけど。いつ会わせてくれる？　そっくりさんではなく本当に芸能人なの？〉
　心配症なナオ兄からだ。
「零士！」
「うん？」
「もし、うちの兄達が『今日がいい』って言ったら、本当に呼んでいいの？」
「勿論。料亭は断って」
　急過ぎると思ったけれど、大失態のせいで最高に気まずいから、誰か第三者がいた方が良い。ネカフェで連泊したら金無くなるし。
〈おはよー。起きてたから平気。一応、本物〉
　返事を打ち込む。
〈二人は今夜、空いてる？　『うちに連れて来たら』って向こうが言ってるんだけど〉
　送ってみると、その場で既読がついた。
〈俺も夏陽も空いてるよ！　じゃあ、今日、会わせてくれる？　まさかの自宅……でも敵を知るチャンス!?〉
　敵って……
〈俺は７時までバイトだけど平気？〉

ポチポチと文字を打つ。
〈夏陽もＯＫだって！　その位の時間にバイト先に行くね。よろしく伝えておいて！〉
返信が来て、スタンプを送りスマホを閉じる。

「どうだって？」
「来るって。７時にバイト先に来る」
そう答えると、零士はパッと笑顔になった。
「分かった。急いで仕事終わらせるよ。買い物、掃除を済ませてから、迎えに行くね」
「だから張り切るなっつーの。迎えはいらない。夏陽さん、多分車だから。っていうか、腹減った」
「じゃあ、朝食にしよう。レキ、歩ける？　抱っこ？　おんぶ？」
「選択肢がおかしい！　歩ける！」
呆れながら、スマホをヘッドボードへ置いた。
「……昨夜はレキが可愛くて、何度もごめんね」
余計な一言のせいで、忘れたかった痴態の数々が甦（よみがえ）る。
そういうのはいらん！　俺、記憶ないって言ってんだろ！
やり場のない怒りをぶつけるように、零士に枕を投げつける。ところが至近距離なのに、あっさり避（よ）けられてしまった。
「なんで避けるんだ！」
面白くなくて膨れていたら、頬をツンとつつかれた。
「朝食は甘いのにしようよ。ホットケーキ、ラズベリージャムとイチゴアイス付き」
「……食べる」
満面の笑みで俺のご機嫌取りをしてくる零士。またしても甘いものに勝てず、一緒にキッチンに入る事となった。

＊　＊　＊

「……おい。何、ニヤニヤしてんだ」
　ホットケーキの粉をかき混ぜる零士に、文句を言う。
「してないよ」
　零士はフライパンを準備し、咳払いをした。
　ボールを受け取り、苛つきながら生地を流し入れる。
「嘘をつくな。お前、さっきから……」
　締まりのない顔で終始ニヤニヤ。そろそろ我慢の限界。喧嘩売ってんのか、買うぞ!?
「……こういう顔なんだ」
　そう言いつつ、目尻が下がっている。
　もっとマシな嘘つきやがれ。
　お前、普段もっとキリッとしてんだろ！
「もうひっくり返していい？」
　零士は鼻歌でも歌いそうな位、上機嫌で納得がいかない。
「……そろそろいいと思う」
　悔しいから普通に答えた。

　零士が緊張気味にフライ返しを握る。裏返すが、失敗。少し捲れて、形が崩れてしまった。
「やっぱり返すのは難しい」
「でもホットケーキの形をしてるし。前より上手くなったじゃん」
　褒めると、急に零士がくっついてきた。
「な、なんだよ」
「接触禁止令、辛かった」
　甘えるように、スリスリされて鬱陶しい。
「……お前が自分で言い出したんだろ」

「俺の誠意伝わった？」
「お前の我慢はたった一日か」
　突っ込みながら笑ってしまった。

「今日、兄達が来てる時にベタベタ触るなよ」
　事前に念を押しておく。
「なんで？」
　零士の返しに呆れる。
「そんなの、常識だろうが」
「でも、旦那さんは独占欲が強いタイプなんだろ。今後の関係を円滑にする為には、俺達が仲良くしてた方がいいんじゃない？」
　確かに一理あるか。爽さんと仲が良いのも……ソナ兄を溺愛していて、ナオ兄へちょっかいを出される心配が全くないからだし。
　ハッとする。
　俺、丸め込まれそうになっている……？
　変な理論を押しやがって！　危なく騙されるところだった。

「人がいないならいい？」
　腰をやらしく触れられる。
　その手をペシッと叩いた。
「夕飯も食べてなくて腹ぺこなんだ。いつでも盛るなよ」
　大失態の記憶は生々しく残っている。今は絶対にしたくない。
「一回だけ」
　首をかしげて言われた。
　190cmある奴が何、可愛い子ぶってんだ！
「お前、一回だった事なんて一度もねぇだろ」
「そうだっけ？」
「しらばっくれるな！」

零士は優しいけれど根がＳなんだ。俺が恥ずかしがると喜ぶし。
「それに、お前仕事だろ」
「そうだね。残念」
くすくすと零士が楽しそうに笑った。

「レキ」
「なんだよ！」
「生クリームは乗せる？」
「……乗せる」
また、そんな嬉しそうな顔をして……

【13.Introduction】

来店

今日も赤井さんが見張りをしてくれた。
流石に二日連続で申し訳ない。
仕事が終わる三十分以上前、零士の車が駐車場に入ってきた。
「お会計、お願いします」
赤井さんはすぐに気が付き、軽く手を振り帰って行った。
「レキくん！　彼氏さん、普段着よ！」
「足長いわね～！　スタイル良い人って何着ても素敵」
小林さんと佐藤さんがわざわざ俺の所に教えに来た。
本当だ。いつもはスーツなのに。
シンプルな白のＴシャツ、細身の黒いジーンズ。本当に零士はスタイルが良い。
真っ直ぐ伸びた背筋。程よく鍛えられた体。優雅に歩く姿はさながらモデルの様(よう)。
「レキ」
零士がひらひらと手を振る。
「迎えはいらないって――」
零士の首元の赤い痕を見て、一瞬で固まる。
そ、それは。昨夜、俺が付けた……
「首元の、キスマーク？」
「……レキくんが付けたって事!?」
客とスタッフがざわざわ言い始めた。

「零士、裏来いよ」

ジロリと睨む。
「やだぁ、レキくんったら！　二人っきりになりたいなんて〜駄目よ、仕事中！」
小林さんの言葉に皆、笑っている。
「言ってませんけど!?」
容赦なく突っ込む。
いつもの席が空いていなくて、テラス席へ零士を座らせた。
「おい、コラ。なんで今日はスーツじゃないんだ。しかも来なくていいって言っただろ……」
周りに客はいない。ぼそぼそと文句を言う。
「今日は張り切って仕事したら、かなり早く終わったんだ。掃除も買い物も手料理の準備も完璧。早くレキに会いたくて来ちゃった。うちのスタイリスト達に相談したら、相手が社長の息子なら、価値も分かるし嫌味になるかもって言われてさ。普段着の方が好印象だと勧められたんだ。……ねぇ。この格好、変じゃない？　お兄さん、どう思うかな」
零士は少し心配そうな顔をした。
「首の痕、隠せよ」
答えず、首元を指差す。
「なんで隠すの……？　ただの虫刺されだから隠す必要ないし」
悪びれもなく言われてしまい、唖然とする。
「キスマークっぽくて、ちょっと恥ずかしいけど、俺は平気」
その言葉に空いた口が塞がらない。
……恥ずかしいとか、絶対嘘！　それとも俺の反応を見て、本当に記憶がないか、確かめている？　有り得るな……それなら尚更、顔に出さないようにしないと。
「絆創膏で隠す？　レキがやってくれるなら、そうする」
零士が俺の手を取って、手の甲にキスをしてきた。

「朝の約束はどうした！」
　思い切り手を振り払う。
「人前でってやつ？　こんなスキンシップも駄目なの……？」
　零士は心底驚いた顔をしている。
　お前のイチャイチャレベルは一体どうなっているんだ。
「今の見たー？　王子様みたい！」
　まりちゃんが聞こえる声で言ってきた。
　誰が王子だ。零士はただの触り魔。見世物じゃないぞ。俺達の事は放って置いてくれ。
「レキさん！　零士さんの首、なんなんですか!!　そんな俗っぽい事するなんて……」
　おまけに、うるさい進が来てしまった。
「零士さん！　レキさんの仕事の邪魔するなって何度言ったら分かるんですか。わざとＴシャツ着て、キスマーク見せつけちゃって……自慢ですか!?　クッソー。すっげぇ羨ましいです！」
　今度は零士に抗議している。
「……これ？　キスマークじゃないよ。ただの虫刺され」
　ほんのりと零士の顔が赤くなる。
「今日は甘いの飲みたい気分だな。カフェラテくれる？」
　そして首元を手で隠し、照れながら注文。
　なぜ顔を赤らめる。それじゃあ、肯定しているようなもんだろ！
　文句を言いたいが、俺は記憶がない設定。頭に来て、零士のコーヒーをエスプレッソダブルに変えてやった。
　――全て零士が悪い。虫刺されだと誰も信じてくれないし。

「見て！　正統派の美形！」
「イケメン～」
「スーツ姿が妙に色っぽい！」

入口がやけに騒がしい。
「儚(はかな)げな彼氏、連れてますね」
「左薬指に指輪してるから、結婚してるのかも」
あまりの盛り上がりについ見てしまった。
「……ってあれ？」
「レキくんに似てない？」
「本当だ。レキくんを大人っぽくして綺麗系にした感じ……」
店長が対応している噂の二人を見て驚く。
「ナオ兄！　夏陽さん！」
俺の声に二人が振り向く。
まだ三十分もあるのに……
さっきのキスマークのクダリ、聞かれちゃったかな。

「お兄さん？」
「はい。兄と兄の旦那です」
店長に聞かれ、答える。
「……旦那」
夏陽さんはぼそっと独り言。嬉しそうに笑ってから、思い切り背中を叩かれた。
「痛っ。夏陽さん、嬉しいからって叩かないで」
デジャヴ……
前にそっくりな事あった気がする。あれは爽さんか。
「夏陽さん、スーツだね。今日は日曜なのに会議だったんだっけ？そのまま来たの？」
「一回、戻ると間に合わなさそうだし。敵と戦う為の戦闘服はスーツしかないだろ」
夏陽さんはジャケットの襟を正している。

「空いてるし、上がってもいいよ、レキくん。勿論、予定通り7時でもいいし」
　店長が気を遣って言ってくれた。
　零士の所に連れてくべきだろうか。
　少し想像してみる。
　俺がいない間、お互いに好き勝手喋りそうだ。脳内で、良くないやり取りが繰り広げられる。
　店長もああ言ってくれたし、今日は上がらせてもらおう。
「店長。お言葉に甘えて、上がってもいいですか？　あと、すみませんが案内、お願いします。零士と同じ席に……」
　よし、この隙に。一分で着替えよう！

「お兄さんの旦那さんも素敵ね！　何してる人なの？」
「もう一人のお兄さんの彼氏も格好良かったし、兄弟揃って良い男を引き寄せる何かを持ってるんじゃないんですか～!?」
　控室に行こうとしたら、佐藤さんとみくちゃんに詰め寄られる。
「仕事サボらないでください」
　面倒なので一括。二人は残念そうに戻って行った。
　ドアを開けようとしたら、腕を掴まれた。
「レキさん、もしかしたら上がるつもりですか!?　駄目ですよ！ちゃんと最後まで働いてください」
　モタモタしていたら、次は進が来た。
「仕事を放り投げてまで零士さんと一緒にいたいだなんて――まさか揃って実家にご挨拶!?　家族ぐるみのお付き合いって事は、ま、まさ、まさか……結婚!?」
　話が飛び過ぎだろ。

結婚したら、零士は普通に良い旦那になりそうだな。
子煩悩そうだし……
——って何を考えている。今のは不可抗力だ。
「お前、付いてくんなよ。仕事中だろ。店長が上がっていいって言ったから上がるだけ」
進のせいで、とっくに一分を過ぎている。
「結婚だと……!?」
話していたら、宏が血相を変えて飛び込んできた。
「宏、お前も仕事はどうした」
「それより結婚って……まだ21歳になったばかりだろ！　今はよく見えても、あの人の本性知ってんのか？　αだぞ！　きっと浮気しまくるに決まってる」
人の話を聞け。
「……お前もαじゃん」
呆れながら返す。
「なんでレキはいつまで経っても気付いてくれないんだ。俺は一途なの。お前と会うまでは確かに遊んでたけど……結婚の前に落とし前つけろ。俺を本気にさせた責任取れよ。まずは一回、試そう。俺とデートして」
宏が手を握ってきたから、速攻で振り払う。
駄目だ。こいつ等、日本語が通じない。
「何、勝手に口説いてるんですか！　油断も隙もない。狡(ずる)い。レキさん、宏さんなんかよりも俺とデートしましょう。宏さんより俺の方が気が利(き)きますよ。どこがいいですか？　レキさんの好きな場所にお伴します！」
進もうるさい。
二人を無視して更衣室に入り、鍵をかける。
「レキさん。レキさんってば！」

進は大騒ぎ。
急いで着替えを済ませた。
「分かりました。折れましょう。宏さんと一回デート。俺とも一回デート。それで平等です！」
「……それは多少納得いかないけど、良い考えだな」
二人で結論が出たらしい。
どこが折れたって？　付き合いきれねぇ。
着替えを片付けて荷物を取り出す。
「お先」
一切答えず、ドアノブに手をかけた。
「もう帰るのかよ」
宏が残念そうに言ってくる。
「まだ話の途中です！　何曜日にしますか!?」
騒ぐ進にうんざり。
振り向いて顔を上げる。
芯をへし折ってやらないと駄目だな。
「ごめん。俺、零士以外とデートするつもりない。諦めろ」
にっこり笑顔で言ってやった。

対決

やっぱりαが二人いると物凄い存在感。夏陽さんは困った奴だけれど格好良いから、その席だけ異様に目立っている。
そこでようやく気付いた。
零士はシャツを羽織っていて、キスマークが隠れている。ほっとしながら、そのテーブルに近付いた。
「お待たせ」
声をかけ、零士の隣に座る。
「レキ。着替えるの、早いね」
ナオ兄に言われ、苦笑い。
「そう？」
だって凄く急いだし。
「聞かれちゃ、やましい事でもあんのかよ」
夏陽さんが意地悪そうに笑う。
……この人、絶対に虐めっ子。
「ナオ兄は何、頼んだ？」
無視して、ナオ兄に話しかけた。
「カプチーノを。レキの分も頼んでおいたよ。キャラメルラテ」
ナオ兄がメニューを指差す。
じゃあ、しばらく好奇の目に晒されなきゃいけないのか……
零士の手元には、ほとんど口をつけていない状態でエスプレッソが置いてあった。
意地悪で苦いやつにしたけれど、本当は甘党だし。
「ん」
零士の前に砂糖とミルクを置く。
「ありがとう」

零士がにっこりと笑う。
「何、話してたんだよ」
とりあえず探りを入れた。
店では芸能人だという事は隠していると話しておいたから、下手な事は言っていないと思うが。
「軽く自己紹介しただけ」
夏陽さんはなんだか、やけに楽しそう。
「『俺達の一学年上だね』って話してたんだ」
ナオ兄が言い終わると、ちょうど注文していた物が来た。

「レキ、さっきのはなんだよ」
コーヒーを一口飲み、夏陽さんはカップをソーサーに戻した。
「さっきのって……？」
「いつも『外でイチャつくな』『人がいる時は控えろ』とか言ってるくせに。しかもキスマークって。プッ……意外と独占欲強いんだ？　くくくっ。今後、俺や爽に一切文句言えないな」
「ご、ゴホッ！　げほ。ゴホ……」
思わず咳き込む。
嫌な予感、的中。クソ。やっぱり一部始終聞かれていたのか。
「違う。ただの虫刺され。夏陽さんじゃあるまいし、俺がそんな事するわけないじゃん……」
居たたまれず、声が小さくなる。
「そう。虫刺されだよ」
零士も加勢してくれた。
――が、嬉しそうに照れている。
おい!!　そこは真顔で返すところだろ。俺の作戦を邪魔すんな！

「実はレキの二番目のお兄さんにも偶然会った事があるんだ」

俺の圧に気付いたのか、零士が話題を変えてきた。

「え？　ソナタに？」

「そう。二人共、レキに似てるね。目元がそっくり」

驚くナオ兄に零士が笑いかけると、それを見ていた夏陽さんの機嫌が一気に悪くなった。

「あまりナオトを見ないでください。減るから」

不快な表情。相手がどんなに素晴らしい相手でも、地位の高い人間でも関係ない。ナオ兄に近付く男は全て敵。

——始まった。夏陽さんの病気が。

零士の奴、気を付けろって言ったのに。

そっと手を繋がれ、ドキッとする。

「大丈夫。俺の特別はレキだけだから」

まるで花が零れそうな笑顔。愛しそうに見つめられて固まる。

「ぶはっっ!!」

思わずキャラメルラテを盛大に吹き出した。

「レキってば、こんなに零して」

そう言いながら、零士がウェットティッシュを手に取った。肩に手を置かれ、口元を拭かれる。

おいおいおい！　なんの真似だ!?　……なぜ、お前が拭く。しかもやめろよ、緩んだ顔！

零士には恥ずかしいという感情はないのか？　αだから変なのか？　芸能人だから、羞恥心欠落？

「ご……ゴホッ！　ゴホッ！」

むせていると零士が背中を擦ってきた。

「大丈夫？」

気が付くと、零士の腕の中にいて、焦る。

「おわっ……離せ！　やめろ。ここをどこだと思ってんだ！」

「レキのバイト先。人前」
「冷静に分析してんじゃねぇ。離せって！」
　ジタバタ暴れるけれど、零士は離してくれなかった。
「……だってレキが可愛くて」
　ふにゃっと零士が笑う。
　な、な……なんだ。その締まりのない顔は！　一体、どういうつもりだ!!　何をデレデレしてんだよ。そういうの、いらないから！
「見てる方が恥ずかしいんだけど……」
　肩を揺らす夏陽さんが恨（うら）めしい。
「夏陽さんには絶対言われたくない！」
　なんとか零士を引き離した。

　零士は周りに誰もいないか確認し、ナオ兄達に向き合った。
「店では訳あって恋人の振りをしてる。俺の片思いなんだ」
　その言葉にナオ兄も夏陽さんも驚いていた。
『片思い』だなんて……
　零士の設定に恥ずかしくなる。
「喧嘩して会えなくて馬鹿な事をした。色々な人に迷惑を掛けて反省してる。今は良い友達。一緒にゲームしたり、ケーキ食べたり、テニスしたり……今日は来てくれてありがとう。レキの家族に会えて嬉しい」
　零士の台詞を黙ったまま聞く。
「もっと素敵な人が周りにいるんじゃないんですか？」
　ナオ兄が探るように聞いた。
　芸能界は華やかな世界。
　一般人となんて。そういう思いもあるのだろう。
「一緒にいたいのも、側にいるだけで幸せなのも、自分が自分らしくいられるのも……レキだけなんだ」

零士が俺の方を向く。

「俺はレキが欲しい……」
不覚にも心臓が跳ねる。
「人前でやめろっつてんだろ！」
熱くなった頬を見られたくなくて、勢いよく突き飛ばした。
「俺、零士さんと仲良くなれそうです」
夏陽さんが今日一番の笑顔を見せた。
……今のクダリでなんでだよ。夏陽さんの友人基準はナオ兄に興味が１㎜でもあるかどうかなのか？
零士は敵じゃないと認定されたらしく、二人は楽しそうに話をしている。
気が付くと、ナオ兄は安堵（あんど）の表情を浮かべていた。
思っていたより心配かけたのかもしれない。芸能人って聞いたら、普通に驚くだろうし。
もしかしたらナオ兄の不安そうな様子に気付いて、わざとやったのだろうか。

「そろそろ出ようか」
零士が伝票を持った。
「あ……出します」
ナオ兄が慌てて立つ。
「大丈夫。その代わり、今夜はレキの攻略法、色々教えて欲しい」
零士が真顔で言い、ナオ兄は笑いを堪えていた。

＊　＊　＊

リビングのテーブルにはすでにお皿やグラスが準備してある。カ

ウンターには色々な酒が置いてあった。
「何飲む？」
　零士が二人に聞いている。
「車だし、飲むのやめようかと思ってたんですけど……」
　夏陽さんがカウンターをじっと見つめた。
「良かったら一緒に飲みたいな。なんだったら泊まっていってもいいし。どうしても帰らなきゃいけないなら代行を呼ぶ？」
「じゃあ……少しだけ。零士さん、飲むの好きなんですか？　凄い色々種類ある」
　零士の提案に夏陽さんが頷く。
「零士にあまり飲ませるなよ。面倒な事になるから。強そうな顔をしてるけど下戸だ」
　代わりに答えた。
「見えないですね。業界だと飲み会、多いんじゃ……」
　興味津々な様子で夏陽さんが言っている。
「限りなく烏龍茶に近いウーロンハイや焼酎の割合が極端に少ないレモンサワーとかを飲む。強い酒を勧められたら、飲んでる振り。必要のない飲み会にはなるべく仕事を入れて行かない」
「徹底してますね」
　零士の答えにナオ兄が笑った。

　一通り、料理を取り分けてから、零士が立ち上がった。
「適当に摘んでて。お酒のお代わりも自由にどうぞ。俺は少し揚げ物してくる」
「……零士、揚げ物できんの？」
　一度も揚げているところを見た事がないし、心配で聞いてみた。
「やってみる。多分大丈夫」
　根拠のない自信。益々、不安になる。

「内容は？」
「唐揚げとポテトと春巻きとカニクリームコロッケ」
「結構な量だな。揚げ物の経験は？」
「無いよ」
　笑顔で言われ、仕方なく零士に付いていく。
「怖過ぎる。ナオ兄、夏陽さん。ちょっと待っててくれる？　飲んでていいから」
「何か手伝う？」
　ナオ兄も言ってくれた。
「いや。もう揚げるだけみたいだから」
　断ってからキッチンに入った。

　天ぷら鍋の中に零士がクリームコロッケを放り投げると、油がバチバチと跳ねた。
「馬鹿！　危ないだろ！　投げるなよ」
「だって熱そうだから……」
「この位の位置から、ゆっくり入れる方が跳ねない。やってみて」
「うん」
　零士は慎重にコロッケを入れている。
「できた」
「カラッと揚がらなくなるから、六個位にしといて」
　零士が順に入れると、ジューッと良い音がした。

「ポテトは焼いちゃおうか」
　フライパンを準備していると――
　少し目を離した隙に、天ぷら鍋の油が異様に跳ねている。
「レキ。どうしよう。クリームコロッケが爆発した」
　慌てる零士に笑ってしまう。

「くく……これはまだ外側が生なのにひっくり返すから破けたんだ。まだ返すのは早かったんだよ」
　がっかりしている零士から皿を受け取る。
「これ、もう食べられない？　小麦粉溶いたのを流したら？」
「あは。もう手遅れ。小麦粉入れたら天かすになるだけ。まだ食べられるよ。少し位平気」
「天かすって、そうやって作るんだ」
　尊敬の眼差しで見られる。
「いや。あえて作るんじゃなくて……」
　説明している途中で、零士がＩＨに一歩近付いた。
「……レキ。何か油の中にいる。あの動き、おかしくない？」
「何かってなんだ!?　怖ぇ一事、言うな！」
　思わず一緒に天ぷら鍋を覗き込んだ。

「プッ……」
　俺達のやり取りを見ていた夏陽さんが吹き出した。
「……夏陽さん。その笑いは何」
「いや。普通に仲良いんだな。心配するまでもなかったか」
　カウンター越しに言われる。
　仲良いって……
　俺達、そんな風に見えるのか。
　急に気恥ずかしくなり黙った。

＊　＊　＊

　零士と夏陽さんは気が合うらしく、話がずっと弾んでいる。
「レキの笑顔にキュンときたのが、きっかけかな」
　惚気るような零士の口調に呆然。

「分かります。笑顔を見ると、仕事の疲れも吹っ飛びますよね」
「俺、レキが可愛くて可愛くて仕方ないんだ」
突然のカミングアウトに酒を零しそうになる。
「……レキもナオトに似てまぁまぁ可愛いけど、ナオトには敵わないと思います」
対抗するように夏陽さんが吹っ掛けてきた。
「レキはしょっちゅう、ナンパされる」
「ナオトもです。最近、異様にモテて困ってます」
そして急に揉め始める二人。よく分からない討論が続いた。
「レキの為なら、なんでもしてあげたくなる」
「俺はナオトが笑ってくれるなら、できない事はありません」
お互い一歩も譲らず、段々とエキサイト。
「見たら分かるよ。レキが可愛いって……レキ、笑ってみせて。俺、負けたくない」
零士が真顔で言ってきた。

思い切り席を立ち上がる。
「い、いい加減にしろ!! 夏陽さん、飲ませないでって言ったじゃん！ 零士も阿呆な勝負はやめろ！ 可愛いわけあるか。俺もナオ兄も男だっつーの」
なんだ、今のやり取りは。
「俺、酔ってないよ？」
零士がすっとぼけて言う。
「嘘つけ！ 酔っ払いは皆、『酔ってない』って言うんだ。夏陽さんもいい加減にしないと、実家の出入り禁止にするよ！」
「おー。怖。はいはい。分かったよ」
夏陽さんはナオ兄の肩を引き寄せた。
「人前でイチャつかない！」

速攻で突っ込む。
「は……？　これ位も駄目なのか？」
本気で驚く夏陽さん。
反応が零士とそっくりなんだが!?
「レキ。あれはただのスキンシップだ。イチャイチャではない。俺達もしよう」
「この酔っ払い！　こっちに来んな!!」
慌てて零士から距離を取った。
「あっはっはっ。零士さん、面白いですね。少しでもナオトに興味示したら、抹殺してやろうと思ってたけど、いらない心配でした」
夏陽さんが笑って言う。
会見を見て心配したと言ったのは、なんだったんだ。ただ単にそれらしい理由を並べただけか。
しかも抹殺って言ったよ、この人……

その時、インターホンが鳴った。
「多分、お寿司。レキ、手伝ってくれる？」
とりあえず二人で玄関に向かった。
今のうちに、釘を刺しておかないと。
「零士。いい加減にしろよ」
玄関前で引き留める。
「……何が？」
「これ以上、ナオ兄達の前で変な事ボヤいたら許さねぇぞ」
「変な事って……」
心当たりはありませんみたいな顔に、カチンとくる。
「俺が可愛いとか……とにかく全部！　大体、片思いとかいらない設定もやめろ！　よくも、あんな嘘――」
話している最中、手を掴まれた。

「なっ……なんだよ」
　思わず緊張してしまい、目線が泳ぐ。
「レキ」
「何してんの。離せよ。寿司が」
　動揺しているなんて、絶対に悟られたくない。
「嘘じゃないよ」
「え……」
　強く握られた手。意味深な台詞。
　熱の籠った目で見つめられて、息が止まりそうになる。
　嘘……？

　ピーンポーン。再度、インターホンが鳴り響き、ハッとした。
「す、寿司屋を待たせてるから」
　逃げるように玄関を開ける。
「お待たせ致しました。こちらがご注文のお品になります」
　い、今の……何……
　嘘って……
　心臓がバクバクして、うるさい。
「レキ」
　何か言いたげな零士は無視。
　立派な寿司を抱えて一人で先に戻った。
　……どうせ酔っ払いの言葉に意味なんかない。
　お前が片思い？　笑わせんなよ。トップスターが大学生に片思いだなんて、信憑性なさ過ぎる。
　クソ。油断していた。この俺がツッコミもできないなんて。

　リビングに戻ると、夏陽さんが早速絡んできた。
「レキ。玄関で何してたんだよ」

「は？」
「インターホン二回鳴らされてるし、顔、真っ赤……客がいる時位、控えろよ」
夏陽さんの言葉にムッとする。
「別に。ちょっと酔っただけ。何もしてないし」
大体、夏陽さんのせいで……！
文句を言ってやろうとしたら、夏陽さんはナオ兄を抱き寄せ、ベタベタしている。
「何、ナチュラルに肩を抱いてるんだ。さり気なく手まで繋いでるし。自分が控えろよ。人ん家(ち)来た時位、遠慮できねぇのか!?」
とりあえず夏陽さんに鬱憤(うっぷん)をぶつける。
「レキ。落ち着いて。俺達、心配してたから、ほっとしただけ……良かった。零士さんがレキを大事にしてくれる人で。レキは素直じゃないけど、凄く良い子なんです。零士さん、これからもレキをよろしくお願いします」
間に入ったナオ兄までおかしな事を言っている。
話、聞いていた？　俺達、付き合ってないって説明したでしょ。なんで『よろしく』なの！　なんなの、この空気!!
でも夏陽さんはともかく、ナオ兄は心から心配してくれていたって分かるから……
「俺、トイレ！」
行きたくもないトイレに逃げる羽目となる。

話…side零士

記者会見を見て、心配したのかもしれない。レキの一番上のお兄さんから会いたいと言われた。

ナオトくんはレキとよく似ていたが、長男らしく真面目で慎重な性格。俺とレキのやり取りをずっと心配そうに見ている。

安心させるという名目で、いつもより甘く接していたら、レキに逃げられてしまった。

「あーあ。逃げちゃった。零士さん、結構Sですね」

夏陽くんが楽しそうに言ってきた。

「違うよ。ただ嬉しくて」

照れているレキを思い出す。

「レキ、実はかなりのα嫌いで……夏陽との付き合いにも反対されたし……」

ナオトくんはドアを気にしながら、話し始めた。

神妙な顔で言われ、ナオトくんの心配が伝わってきた。

多分、過去の事があったから――

レキの自衛。常に一線を引き、警戒をしている。

「レキ自身、恋愛に関してはどこか冷めていて。自分の幸せなんて最初から諦めてるようなところがあったんです。でも今日のレキは普通に素でいて……笑ったり怒ったり……俺、嬉しくて。本当にほっとしました」

その言葉を聞き、確信に変わる。

この感じだと、ナオトくんは過去を知らないのだろう。

「……あんなに自然な姿、家族以外では初めて見ました。どうか気長に待ってあげて欲しいです」

優しいお兄さんなんだな……
目を見て、頷いた。
「ごめんなさい。ベラベラと話して。俺も酔ってるのかも……」
「いや。ありがとう」
ナオトくんにお礼を伝えると、夏陽くんがグラスにビールを注いでくれた。
「脈ありだと思いますよ。レキのあの態度……どうでも良い奴に対するものじゃないし。餌付け作戦で行きましょう。俺も最初は物凄く嫌われてたけど、ナオトへの愛で認めて貰えたんです」
夏陽くんも励ましてくれた。
「そういえば、どんな出会いだったんですか？」
気になるようで、ナオトくんに質問される。
「きっかけは居酒屋で隣の席に座った事かな。最初は変装してたのもあるけど、レキ、俺の存在を知らなくて。少し新鮮で……正体を明かさないまま仲良くなったんだ」
「零士さんを知らないなんて……すみません。レキはドラマとか全く興味がなくて。でもテレビで見るのと雰囲気が違いますね」
ナオトくんと話し、懐かしくなる。
「周りにも迷惑掛けるし、バイト先でも正体を隠してるから。嘘ついてるみたいで少し心苦しいんだけど。芸能人って知ってからも、レキは態度が変わらなくて。普通に怒るし……くくっ」
最初は本当に珍しかっただけなのに。
いつの間にか、レキは俺の特別だった……

「実は甘い物作戦、実行済み。嬉しそうに笑ってくれるからやめられない。何回、デザートに助けられたか」
レキの笑顔が浮かび、自然と口元が緩む。
「あいつの甘い物好きは病気ですよ」

夏陽くんはグラスのビールを飲み干した。
「レキ、戻って来ない……」
ナオトくんはドアの方を気にしている。
「ふて寝でもしてるのか？　後で——」
「夏陽！」
夏陽くんの言葉をナオトくんが遮った。
「これ以上レキをからかわないで。俺、誰かを紹介してもらうの、初めてなんだ。いつも、はぐらかされてばかりで……」
必死な表情に、夏陽くんも口を噤んだ。
「俺に会わせてくれたのは変化だと思う。このままじゃ頑なになって、二度と会わせて貰えないかも……夏陽。面白いからってレキにちょっかい出さないで。お願い……」
「ごめん。タジタジになるレキが珍しくて……つい」
二人のやり取りを黙って聞く。
過去に紹介した男はいない。
——少しは期待してもいいのだろうか。

「ちょっと見てくるね」
可愛かったけれど、今夜はこれ以上追い詰めないようにしよう。
傷ついてきたレキが自分らしくいられるようになった。
——それだけで十分。
レキのペースでゆっくり近付きたい。

電話

レキは寝室にいた。ベッドに塊。頭からタオルケットを被って丸まって寝ている。
猫かよ……
思わず一人で吹き出す。
気まずくて布団でゴロゴロしているうちに寝ちゃったのかもしれない。夏陽くんにからかわれて居心地悪そうだったし、飲むスピードも早かった。昨日は熱もあったし、このまま寝かせてあげよう。
そう思い部屋を出ようとした時、レキのスマホが鳴った。
……随分、大きな着信音だな。
もぞもぞ動くレキを見る。
これじゃあ、起きちゃいそうだ。せめて音量を下げて……
横のボタンを操作すると、レキはまた寝息を立て眠っている。
ヘッドボードにスマホを置き、つい画面に目が行ってしまった。

【着信　烈さん】
覚えのある名前に手を止める。
レキの先輩でグループのリーダー。レキを苦しめた奴等に、片端からお礼参りをした男。レキの為にグループを動かす位だ。元彼の可能性が高い。

リビングのドアを開けると、ナオトくんがすぐに気付いた。
「……レキは？」
少し心配そうに聞かれる。
「寝ちゃってた」
「ハハッ。お子様だな」

俺の言葉に夏陽くんが笑う。
「すみません。レキってば。連れて帰りますよ」
ナオトくんが困ったように話した。
うちにしばらく泊まっているのは知らないらしい。まだ調査も済んでいないし、実家に帰らせたら心配だ。
「実は今、うちで預かっていて……」
「え!?」
説明すると、ナオトくんが驚いて大声を上げた。
「テレビでレキの名前を出しちゃったから、マスコミが動いたら困ると思って。念の為、レキのお母さんにもホテル暮らしをしてもらってるんだ」
一応、事情を伝えておく。
「もしかして母にも会ったんですか？」
「うん。迷惑を掛けるかもしれないから、あの後、事情を話しに挨拶に行って……」
俺がそう話すと、ナオトくんは笑顔になった。
「厳戒態勢ですね。うちの母、驚いてたでしょう？　昔から零士さんの大ファンなんですよ。でもレキがαの家に泊まるなんて……あ……何度も申し訳ないです。本当に意外で」
「大丈夫。だからレキの事は心配いらないよ。二人も時間が許すなら、ゆっくりしていってね」
「いえ……俺達も明日、仕事だし。夏陽。そろそろ帰ろう」
ナオトくんが言い、夏陽くんも頷いた。
「今日は突然すみませんでした。レキは俺にとっても弟のような存在なんです。口は悪いけど家族思いの良い奴です。大事にしてやってください」
夏陽くんがそう言ってくれて、笑顔を返した。

＊　＊　＊

二人を見送った後、ソファに一人、腰掛ける。電話の事を思い出し、モヤモヤしていたら、ドアが開いた。
「ナオ兄達は？」
まだ眠いのか、目を擦りながらレキが言ってくる。
「明日、仕事だから帰るって」
「悪かったな。一人で相手をさせて。寝るつもりなかったんだけど、横になったら……」
気まずそうに言われた。
「楽しかったよ。夏陽くん、面白いね。あそこまで感情的なαって珍しい」
「言っただろ？　あいつは病気なの。ナオ兄病。ナオ兄に近付く奴は全部敵。普通、結婚したら落ち着くんじゃねぇの？　益々酷くなってる気がする」
呆れ笑いをするレキに一歩近付く。
「……そういえば熱は大丈夫？」
額に手を当てると、いつもの温度に戻っていた。
「もう平気」
レキの頬がパッと赤くなる。
今日は大して飲んでいないのに。セフレだなんて言いながら、少し触れただけでこの顔だもんね……
「照れてる顔、可愛い」
つい我慢できず言ってしまう。
「はぁ!?　これは酔っただけ!!　大体、お前なぁ……」
「レキ。寝ちゃったから、ほとんどお寿司食べてないだろ？　美味しかったよ。食べる？」
ちょっかいを出したい気分を我慢して、レキに提案した。

「……く……食う」
本当に食べ物に弱いな。さっきまで怒っていたのに。
笑いを堪えて、隣に座り箸を渡した。
「零士は食べた？」
「うん。俺はお腹いっぱいだから、全部、食べていいよ」
「こんなに食えないよ。これ、中トロ？　大トロ？　口で溶ける……ラッキー。イクラも残ってる！」
美味しそうに食べるレキを見ていると、癒される。

＊　＊　＊

食事を済ませ片付けていると、着信音が鳴った。
レキはズボンのポケットからスマホを取り出し、画面を確認してから耳に当てた。
「もしもし、烈さん？　久し振り！　電話珍しいね。どうしたの？何かあった？」
『烈』……
あまり聞いた事のない砕けた口調。嬉しそうな表情。それは俺を焦らせた。
顔には出さず、黙々と食洗機に食器を入れていく。
「うん。変わりないよ。元気？」
気になり、レキの様子を盗み見る。
「アハハ……うん。俺も……」
レキは楽しそうに笑っていた。
――気に喰わない。
『俺も』って何。なんの話をしているんだよ。
持っていたグラスをシンクに置く。
「え？　そうなの？　ごめん。実は今、家じゃなくて……」

レキに会いに行ったのか？　家を知っているって事……
俺だって、つい最近、ライムのアカウントや電話番号を教えて貰ったばかりなのに。
悶々としながら手を洗う。
過去は過去。そんな事は分かっているけれど。
堪らなくて電話中のレキを抱きしめた。
「……!?」
レキは訳が分からなくて、ジタバタしている。
『レキ？　どうした？』
「……あ、なんでもない」
少しだけ聞こえてきた『烈』の声。
なんとなく悔しくて、レキの服を引っ張った。
『や』『め』『ろ』。口パクで文句を言われ、ジロリと睨まれる。
「あ……ごめん。それで？」
また話し始めたレキにムッとして、顔を近付け口を開ける。
「ん、ギャッ!!」
耳を噛むと、レキは驚いてワナワナと震えた。
「ご……ごめんね、烈さん。虫がいて退治しなきゃいけないから、掛け直す」
……虫って俺？　随分な言われ様(よう)だ。
レキはスマホをテーブルに置いた。
「てめ……ふざけんなよ。一体どういうつもりだ！」
相当、ご立腹。強い口調で言われる。
「構って欲しくて」
「却下!!」
「……じゃあ、酔ってるのかも？」
今日は人が来ていたし、全然酔っていないが。
「取って付けた言い訳はいらねぇ！　さっき『酔ってない』って言

ってたくせに！」
　怒るレキをじっと見つめる。

「……理由。本当に知りたい？」
　距離を詰めると、パッと目を逸らされた。
「べ、別に」
　本能的に何かを感じ取ったのか、キッチンに逃げようとするレキの手を掴む。途端に頬が赤く染まった。
　楽しそうに電話しているから、ちょっと邪魔してやろうと思っただけなのに。……なんで、そんな顔。
「離せよ。零士」
　一切答えず、レキのシャツのボタンを外した。
「な!?　に、しやがる！」
「ボタン外してる」
「そうじゃねぇ！　なんで外してんだ。今日はしないからな！」
　必死にシャツを押さえ、抵抗を試(こころ)みるレキ。
　何、その仕草。可愛いだけだし。
「滅茶苦茶にしたい」
　真顔で本音を伝えてみた。
「は!?　ふ、ふざけんなっ！　ヤんねぇっつてんだろ!!」
　無視して頬にキス、ベルトも外し着々と脱がせる。
「おい！　脱がすな!!　人の話、聞けって!!　やめろ！　馬鹿っ……ァ……」
　文句を言っていたのに――
　俺が触れた瞬間、レキは可愛い声を漏らした。
「嫌なら、なんで勃ってるの？」
　そっと裏側をなぞる。
「違っ！　あ、アァッ！」

「ねぇ、さっきの誰……？」
　レキの中に、ゆっくり指を忍び込ませた。
「やっ！　指ッ……あ、ァ、両方なんて……！」
「友達？　先輩？」
　嫌がるレキの腰を押さえた。指を奥まで進めると、目じりが赤く染まり生理的な涙が滲む。
「ぅ、んんッ。あぅ！　やめ……」
「それとも元彼？」

　……お前にとって大事な人だった？
「アァあぁ――」

【14.Distance】

再会…sideレキ

布団をどかし、起き上がる。
いつの間にか朝だった。
嫌がっているのに、何度もヤるとか……獣（ケダモノ）か、あいつは。
思い出すだけで顔が熱くなる。
しかも電話を邪魔するなんてガキっぽい真似、零士らしくない。
『さっきの誰？』
お前には関係ないだろ。
『元彼？』
一体なんなの。なんで烈さんが元彼なんだ。普通に会話していただけなのに。
意味不明な勘違いのせいで、昨夜は強引にやられたのか？　いくら唯一フェロモンの効かない相手だとしても、執着し過ぎだろ。
『片思い』
訳の分からない事ばかり言いやがって。
『ヤキモチはなるべく妬かないようにする』って言っていたけれど、どこが控えているんだ。行動が噛み合っていない。
しかも烈さんに掛け直すとか言いつつ、寝落ちてしまった。
家には人の気配がしない。
ヘッドボードにはメモ用紙が置いてあった。
【行ってきます。朝食は冷蔵庫の中。】

リビングに向かう途中、ふと気が付いた。
そういえば煙草の匂いが全然しないし、灰皿もいつの間にか片付

けてある。
　あれから本当に禁煙しているか？
『やめたらいいのに』
　ヘビースモーカーのくせに、俺の一言でやめるなんて。
　煙草は一種の中毒だ。体が依存するから、決意しても自力でやめるのは難しいって聞いた事がある。
　――おかしい。なんで俺が零士の事を考えなきゃいけないんだ。
　やっぱり期間限定だとしても、同居が良くないのかもしれない。

＊　＊　＊

　スマホの着信履歴を開いて、烈さんの電話番号を出す。
　誕生日プレゼントを実家に送ったのに不在続きだったと、昨日、烈さんは言っていた。
　話の途中で悪かったと思い、かけ直したが圏外。その時、ちょうどアラームが鳴った。
　そろそろ仕事の時間だ。
「昨日は折り返せなくて、ごめん。これから７時までバイトなんだ。また電話するね」
　留守番電話（るすでん）にメッセージを入れ、スマホを鞄にしまった。

　今日も赤井さんの送迎で店へ。
　またパートさんや女子高生にからかわれたし、進や宏もうるさい。けれど完全無視。気にしない事に決めた。
　零士め……
　イライラしながら、仕事を熟（こな）す。

＊　＊　＊

文句を言ってやろうと思っていたのに、上がる時間を過ぎても零士が来ない。
珍しく仕事が長引いているのだろうか……
とりあえず着替えを済ませ、ホールを覗く。窓から駐車場を見ていると、入口のセンサーが鳴った。

「レキ！」
懐かしい声に、まさかと思いつつ振り向いた。
「良かった。すれ違わなくて。久し振り」
鮮やかな赤茶の髪。黒のリングピアス。変わらない笑顔で、その人が微笑む。
「れ……烈さん……」
そこには、烈さんがスーツケースを片手に立っていた。
どうして、ここに……
突然の事になんのリアクションもできずにいると、烈さんが手を伸ばしてきた。

突然、抱きしめられ、ハッとする。
「烈さん！　ちょ……」
慌てて離そうとすると、烈さんが笑った。
「なんだよ。ただの挨拶。アメリカ暮らしが長かったから」
「ここ、日本！　日本人はハグしない！」
「ははっ。ごめん、嬉しくて。元気にしてたか？」
烈さんが目を細めて笑う。
――本物の烈さんだ。
ずっと心の支えだった人……

「いつ、日本に？」
「今さっきだよ。空港からタクシー飛ばしてきた」
　だから電話が繋がらなかったのか。
「……そうなんだ」
「もっとよく顔を見せて」
　両手が頬に添えられる。
　この格好は……まるでキスする前みたいじゃないか!?　……違うと思うけれど。
　予期せぬ言動に動揺してしまう。
「烈さ……」
「レキ」
　今度は手を握られ、戸惑う。
　前はこんな風に触れられた事はなかったのに。
　烈さん相手だと、どうも調子が狂う。

「あの人、天下の零士様に似てない？」
「分かる！　雰囲気が!!　素敵……！」
　お客さんの会話が聞こえてくる。
　それは意外な言葉だった。
　零士に？　似ていないと思うけれど。

「もしかして日本で就職を？」
　気を取り直し聞いてみる。
「５月に卒業したんだ。そのままアメリカの支社で研修。全部、済ませてから日本に戻って来た」
「先輩から飛び級したって聞いたよ。急だからビックリした」
　しかも、わざわざ会いに来てくれるなんて。

「レキ。変わってないな」
目を細める烈さんを見つめた。
「……背は伸びたよ。烈さんは大人っぽくなったね」
その時、烈さんは嬉しそうに笑った。

チュ。額にキスされて固まる。
一瞬、何をされたのか分からず、呆然としてしまった。
「烈さんっ!?」
「褒められたからお礼」
「そん……」
言い終わらないうちに、俺の頭をくしゃくしゃ撫でてきた。
「レキ。お前に会いたかった……」
そんな風に言われるとは思ってもいなかった。烈さんの台詞に、なんて返せばいいのか分からない。

——その瞬間、店内が騒ついた。
ハッとして外を見る。
いつの間にか駐車場に止まっていたフェラール。その存在に気付き、体温が下がる。
「……いらっしゃい。零士くん」
店長の不安そうな声で、零士の来店を知る。
どうすんの、この状況……

元彼…side零士

レキが男に詰め寄られているのに気が付く。
またナンパか……
車を降り、足早に店へ向かう。

目を引くワインレッドの髪。仕立ての良いスーツに不似合いな黒いリングのピアス。
スタイルも良いし、端正な顔つきで色気もある。
おまけに物凄いオーラだ。間違いなくα。
……あのピアス、レキのによく似ている。
「烈さん！」
その単語に、ピタリと足を止めた。
烈と呼ばれた男が爽やかに笑う。
こいつが烈——！
「いつ、日本に？」
「今さっきだよ。空港からタクシー飛ばしてきた」
日本にいなかった……
その言葉に呆然とする。
それが別れた理由……？
「もっとよく顔を見せて」
烈の両手がレキの頬に添えられる。それはどう見ても、先輩後輩の距離ではなかった。
メラメラと燃える嫉妬心。
レキは恥ずかしそうだが、嫌がってはいない。どうして、そんな思わせぶりの態度……

そして俺の心を砕いたのは、常連さんの一言だった。
「天下の零士様に似てない？」
どこが……
その言葉を認めたくなかった。
しかし烈の笑顔を見て、ショックを受ける。
覗く八重歯。下がる目尻。笑うと雰囲気がガラッと変わる。
言われてみたら、少しだけ似ている気がした。
――考えたくない。
烈と離れている時期に俺達は出会った。
あいつに似ているから俺を選んだ……？
寂しくて自暴自棄になって……？
結果、納得のいかない結論に至る。

その時、烈がレキの額にキスをした。
信じられない光景に、開いた口が塞がらない。
嫉妬で目が眩(くら)む。そんなのは生まれて初めての経験だった。
「烈さんっ!?」
レキの頬が赤くなる。
口説かれるのに慣れていない。それ位、分かっているけれど、嫌がったり怒ったりもしていない。
……俺への態度と違う。

『好きで堪らない』
烈はその気持ちを隠す気もないらしい。
甘い表情でレキの頭を撫でている。
俺と同じ頭を撫でる癖。考えれば考える程、良くない思いが浮んできた。

「レキ。お前に会いたかった……」
愛しそうな目で烈がレキを見つめる。
この男、今でも……！
店内に足を踏み入れる。入口のセンサーを鳴らしても、烈とレキに気を取られて誰も振り向かない。
「……いらっしゃい。零士くん」
店長がキッチンから出て来て、俺に気が付いた。
それを聞き、レキの肩がビクッと震える。
「今夜、恒星とか何人かで集まるんだ。レキも来いよ」
烈の誘いを冷めた気分で聞き流す。
「レキ、お疲れ」
久し振りの再会。それでも……
躊躇わず間に入った。
「零士……」
レキが恐る恐る顔を上げる。

「α二人並ぶと、凄い迫力！」
「あの人、レキくんのなんなの？」
「元彼っぽくない？」
「わー。珍しい。零士さん、ちょっと怒ってる？　イケメンの嫉妬とかご馳走でしかない！」
正直、常連さんの内緒話とかどうでもいい。
烈はレキの手を握ったまま。
「失礼」
レキの腕を掴んで、自分の方へ引き寄せた。
烈は俺の態度に慌てる様子もない。
俺を少し見てから、口を開いた。
「……彼氏？」

烈がレキに問いかける。
「いや……あの……」
言い淀むレキ。
――ここで俺は『彼氏』だろ。バイト先なのに、はっきり肯定しないなんて。
「俺、レキの――」
「レキ。帰ろう……」
話している烈の言葉を遮る。
「あの、零士……俺……」
困っているレキに気付かない振りをして、背を向けた。

「俺、レキと会うの、久し振りなんです。今夜は譲ってもらえませんか？　仲間内で会う予定なんです」
……それをここで俺に聞くのか。
「前に海で会ったメンバーなんだ。烈さんはその時にはいなかったんだけど」
レキが慌てて補足してくる。
行かせるのか？　元彼のいる集まりに？
「俺も一緒に行っていい？」
レキに耳打ちすると、思い切り突き飛ばされた。
「だっ！　駄目に決まってんだろ！」
さっき烈の事は拒否しなかったのに。
押された胸がやけに痛い。
「先輩達に会うんだ！　お前は無関係だろ!!」
「無関係……」
「……あ、いや。えっと」
少し口調が強かったと思ったのか、レキがしどろもどろ言う。
そいつに誤解されたくないってわけか。

俺達はセフレ。そんな風に言われたら、これ以上何も言えない。

聞こえてくるひそひそ話。好奇の目が集まる。
分かっているよ。
こんな場所で揉めれば、レキの立場も悪くなる。
——バイト先じゃなかったら、無理矢理キスしていた。
「分かった。帰る時、電話して。迎えに行くから」
納得はいかなかったが、折れる事にした。
負けたと思ったわけじゃない。
レキの顔を立てただけ。

「あ……そのピアス、もしかして俺があげたやつ？　まだ使ってくれてたんだ」
店を出ると、嬉しそうな烈の声が聞こえた。
嫌な気分になり、歩幅を広くする。
レキはいつもリングのピアスをしていた。
あれは烈からのプレゼントだったのか。しかも、お揃い……？
お前、そういうのは馬鹿にして、絶対にやりたがらないタイプだろ。
それでも——
ずっと大事にしていた。何年も……
仲が良さそうな様子なんて見たくもない。
振り向かず車の方へ歩く。

最近、逃げ腰になっているレキ。
約束も何もない関係が俺を焦らせる。
帰国したばかりと言っていた。真っ先に会いに来るって事は……
集まりは二人きりではない。そう言っていたけれど……胃が痛い。

俺、そんなに心広くないんだ。

「零士さん！」
駐車場を歩いていると、呼び止められた。
「……宏」
休憩中の宏が追い掛けてきた。
「らしくないですね。いいんですか？　行かせちゃって……」
一部始終見ていたのだろう。心配そうに聞かれる。
「良いも悪いも仕方ないだろ」
「いつも俺達の邪魔は平気でするくせに。何かレキに負い目でも？　あの人もαですよね。マズいんじゃないんですか？」
確かにここ数日、相当やらかした。
でも、もっと根本的なもの……
電話やさっきの対応で烈と仲が良かったという事は分かる。
「……本当は引きずってでも家に連れて帰りたかった」
取り繕う事ができず、本音を漏らす。
「零士さん、普通に怖いです。前に嫉妬して揉めたって言ってましたもんね。でも大人ぶってる場合じゃなさそうですよ。αなのにあの物腰、あの余裕。しかもレキまでなんか楽しそうだったし……あれ、多分、元彼だと思います」
誰が見ても明らかだった。
他のαへの態度と全然違う。

レキを守り大事にしていた烈。
感じる二人の絆……
――あの場面で、俺は部外者だった。

「……俺との時間を選んで欲しかったけど、無理矢理引っ張って行

っても意味がないだろ。大事な先輩みたいだし、我慢しただけ」
「珍しく大人ですね。零士さん」
「どうも。それ、褒めてんの？」
　言っていて、溜息が出てくる。
「いや。俺や進には余裕綽々なのに」
　別に余裕なんてどこにもない。
「仲間内での集まりまで反対したらレキも怒るだろ。二人きりじゃないんだし。……本当に大事だと無茶できない。宏、時間、大丈夫？　俺も帰るよ」
　断ってから車に乗り込んだ。

　――そして長い夜が始まる。

誘い…sideレキ

後ろに気配を感じ、振り向く。
「零士……」
「失礼」
零士は俺の腕を掴み、自分の方へ引き寄せた。珍しく不機嫌を隠していない。
「……彼氏？」
その行動を見て、烈さんが聞いてきた。
嘘ばかりだった俺の過去。αに目を付けられないよう、大人しく従順にしていた時、『演じなくてもいい』そう教えてくれたのは烈さんだった。
……烈さんには嘘をつきたくない。
「いや……あの……」
咄嗟（とっさ）に否定してから、気が付いた。零士の暗い顔が目に入る。

空港から会いに来てくれた烈さんを追い返すなんてできず……
仲間内で集まる事を話すと、零士は心配そうな表情をした。
烈さんの恋愛対象は女の子で、俺はただの弟分。それを伝えれば、零士は安心するはず。

「俺も一緒に行っていい？」
「お前は無関係だろ!!」
突然、距離を詰められ、思わず怒鳴ってしまった。
「無関係……」
零士は掴んでいた腕を離した。
重苦しい空気の中、沈黙が流れる。

「……分かった。帰る時、電話して。迎えに行くから」
諦めたように零士が話した。
けれど抑揚のない声に気持ちが焦る。
結局、何も話せないまま、零士は駐車場へ戻ってしまった。

＊　＊　＊

烈さんの実家で宅飲みをする事になった。
親は仕事で出張中らしい。
「烈、あっちでは自炊してた？」
「おぅ。結構上達した」
「すげー。なんか作って」
「枝豆でも食っとけ」
「これ、さっきレンチンしたやつじゃん」
「ははっ」
「新居は決まった？」
「候補は絞ったけど」
「独り暮らしだと、家事とか大変そうだよな」
キッチンで盛り上がる先輩達。

懐かしい顔ぶれ……
結婚して子持ちの人もいる。メンバーは皆、大人になっていた。
あの頃はほぼ毎日、顔を合わせていたけれど、烈さんが留学してからはほとんど集まりに顔を出していなかったし、疎遠だった。

「レキ、飲んでる？」
手にはクラフトビール。烈さんの親友の恒星さんが、ソファの背もたれに寄り掛かってきた。

「相変わらず細いな。飯、食ってんの？　皆とは海行った日に会ったらしいじゃん」
　持っていたビールを旨そうに飲み、笑いかけられる。
　仕事だったんだろうか……
　黒髪だし、おまけにスーツ。昔は派手でチャラかったのに。
「……恒星さんは随分、落ち着きましたね」
　思わず呟いてしまった。
「何？　大人の魅力にレキもクラッときちゃった？」
　テーブルに置いてあったチーズを摘まみながら、恒星さんが言ってくる。
「いえ、全然。恒星さんの黒髪、初めて見ました。金髪にシルバー、青やオレンジ、いつも中身と同じ位、凄かったですよね。私服も派手だったので、スーツ着てると別人みたいです」
「一応、社会人だからな。……っていうか、相変わらず俺に対して厳しいな」
　言いながら笑いを堪えている。
「そんな事ないですよ」
　チラリと目線を上げる。
　壁の時計の針は９時を差していた。
「用事？」
　すぐに気付かれ、聞かれてしまう。
「……いいえ」
「さっきから時計ばかり気にしてるじゃん。デート？」
　恒星さんの言葉に押し黙る。
　俺、そんなに何回も見ていたのか……？
「聞いたぞ。彼氏できたって」
　海で会ったメンバーがバラしたのだろう。
　彼氏ではないが、面倒だから否定はしない。

αの先輩も多いし……
「彼氏、心広いなぁ。普通は男だらけでαもいる集まりなんて、行かせたくなかったと思うぞ」
からかうように言われ、零士の事を思い出す。
懐かしいメンバー。ずっと会いたかった烈さんもいる……
——それなのに、さっきの零士の顔が気になって。
モヤモヤしながら、ビールを飲み干す。

「レキ、ペース早過ぎじゃないか？」
見られていたようで、キッチンから烈さんが声をかけてきた。
「大丈夫」
「お前、酔ってるだろ」
「そこまで弱くないよ。人並み」
話していると、恒星さんが笑っている。
「相変わらず過保護だな、烈は。お前もこっち来て飲めよ」
烈さんは冷蔵庫からペットボトルを出し、隣に座ってきた。
「恒星！　酒が足んないんだけど」
「なんで俺に言うんだよ。あー、確か冷蔵庫に入んなかった分があったはず……」
先輩達が呼びに来て、恒星さんはそのまま行ってしまった。

「俺が誘ったんだけど、こっちに来て大丈夫だったのか？」
烈さんにお茶を手渡される。
「平気。ビールがいい」
テーブルに置いてある缶ビールを自ら注ぐ。そう答えながら不安が拭えない。
帰ったら機嫌悪いかな……いつもヤキモチ妬きな零士があんな風に引き下がるなんて。

「……やっぱり彼氏だった？」
　烈さんの問いかけに首を振る。
「違う。色々あってバイト先で彼氏の振りをしてもらってるんだ」
「振りって」
「面倒くさい奴に絡まれて、バイト先では本性隠してるから穏便に過ごす為に……少し前、俺から頼んだ」
　一応、説明をした。
「そうだったんだ」
　考え込む烈さん。
「……何か言いたげだね」
「向こうはそれだけじゃなさそう」
　烈さんの言葉に俯く。
　一瞬で見破られる程、あいつは俺に執着している。
「別に」
　なんとなく気まずくて、目を逸らした。
「意外だったよ。お前がαと一緒にいるなんて」
　そう言いながら烈さんはビールを口にした。
「……あいつ、αっぽくないんだ」
「どこからどう見てもαにしか見えないのに？　しかも年上だろ？　いくつ？」
　それは……
　見た目だけで言ったら、俺もそう思うけれど。
「六個上。でも中身は意外と子ども。甘い物好きだし、酒に弱いし、ゲームの作戦はえげつないし」
　言葉にしながら笑ってしまう。
「……お前が幸せそうでほっとしたよ」
　烈さんの一言にビールを吹き出す。
「しっ、幸せ!?」

「付き合ってどの位？　俺にまで隠す事ないのに」
「はな、話聞いてた？　付き合ってないから！　ただの飲み友達でスイーツ仲間！」
　慌てて説明すると、烈さんは目を細めた。
「そんなに真っ赤になって否定されても……まぁ、お前らしくいられる相手なら良かった」
　まるで親みたいな台詞だ。烈さんなりに俺の事を心配してくれていたのかもしれない。

　零士と付き合ったら――
　考えただけで、恥ずかしくなってくる。
　なんで俺がこんなにあいつの事を考えなきゃいけないんだ。本当に最近、思考回路がおかしい。
　きっと同居のせいだ……
　やっぱり早く自分の家に戻ろう。明後日には調査を入れるって言っていたし、家にさえ戻れば……
　考える事に蓋(ふた)をして酒を煽った。
　そう。俺は考えたくなかったんだ。

＊　＊　＊

　ゆっくりと意識が覚醒する。
　いつもと違う匂い……
　慌てて起き上がると、そこは知らないベッドだった。
　……しまった！
　焦って枕元の時計を確認すると、時間は【ＡＭ３：20】と表示されている。
　烈さんの家で飲んでいて……体が疲れていたのもあって、少し飲

んだだけなのに寝てしまった。

　そっと扉を開ける。リビングに歩いて行くと、烈さんや恒星さん、何人かが雑魚寝(ざこね)をしていた。
　俺、ベッド、独り占めしちゃっていたのか。
　自分の鞄を見つけ、手に取る。
　急いでタクシーで帰れば、零士が寝ている隙に……
【寝ちゃってすみません。帰ります。レキ】
　メモを残して、烈さんの家を出た。

『迎えに行くから連絡して』
　そう言われていたのに、連絡なしの朝帰り。
　憂鬱(ゆううつ)になりながらタクシーに乗り込む。
　痛い出費だが仕方ない。こっそり風呂を借りてリビングで寝て、帰宅時間を誤魔化そう。

朝帰り

静かなマンションの通路を音を立てないように走る。
玄関を開けていると、足音がした。
……う……嘘だろ。まさか起きていたのか？
冷や汗が流れ、体温が下がる。しかし逃げ場なんてどこにも無い。恐る恐る中に入った。

「お帰り」
静かな声。零士はそれ以上、何も言わなかった。
沈黙がかえって怖い。
不意に感じた煙草の匂い。
……零士、しばらく禁煙していたのに。
「お……俺、寝ちゃって。連絡も入れないでごめん」
緊張して声が震えた。
顔を見なくても分かる。物凄く怒っている……
異様な息苦しさを感じ、目を伏せた。
「……他の男の匂い、ベッタリ付けて朝帰りかよ。元彼と縒りを戻すの？」
零士らしくない攻撃的な口調。
驚いて顔を上げると、冷めた目で見られた。
匂いは多分ベッドを借りたから……
「あの人は元彼じゃないし、ただの先輩。恋愛対象も女の人！　匂いはその……宅飲みして寝ちゃったからベッド貸してもらっただけだし……何も……他にも人いっぱいいたし……」
心臓がバクバクいっている。
……なんだろう。

本当の事なのに、この言い訳をしているような感じは。
そもそも俺は何を必死になっている。零士が誤解したから、なんだって言うんだ。
それ以上、何を言えばいいのか分からず視線が彷徨う。

手を掴まれ、服も脱がないまま風呂場へ引っ張り込まれた。
零士がシャワーの蛇口を回し、驚く。
「お、おい！　服……」
頭からお湯をかけられ、唖然とする。
匂いを消す為？　扱い、雑過ぎるだろ。
見ると、零士の服もずぶ濡れだった。
「恋愛対象が男じゃないなんて、そんなの分かんないだろ……」
零士が呟いた。
「烈さんは……Ωに興味もない上、俺のα嫌いも知ってる。男と付き合った事は一度もないって聞いてから仲良くなったし」
俺は一人の男として烈さんを尊敬している。
恋人なんて有り得ない。
「過去の事、知ってた……？」
暗い声で聞かれた。
「いや。流石に話してないよ。そんなのバレてたら一緒にいられるわけないじゃん」
いくら烈さんでも俺の過去を知ったら、絶対に離れて行く。
理人だって他の友達だって、皆、同じ。友達だと思っていたのは自分だけで、一人残らず離れて行った。
零士は何かを言おうとして、目を伏せた。
「……もし知って側にいるんだとしたら？」
長いまつ毛が不安げに揺れる。
どうして零士はそんな悲しそうな顔をしているんだ……

「絶対に誰にも知られたくないし、知られた時点で終わり。それに烈さんの元彼女(モトカノ)、物凄い美人なんだぞ。前は年上と付き合ってたみたいだし……俺みたいなの、選ぶわけないだろ」
　俺の言葉に零士が悲しそうに俯く。

「レキ」
　少し経ってから零士は口を開いた。
「……なんだよ」
「あいつの事、好きだった……？」
　突然の言葉に動揺してしまう。
『好き』。烈さんを……？　俺が……？
　馬鹿言うなよ。お前だって俺の過去を知っているだろ。
　……俺は恋なんて綺麗なものとは程遠い。恋愛感情の欠落した出来損ないなんだ。

　俺は誰も好きにならない。
　好きになってもらえるはずもない。

「あいつと会わないで……」
　息苦しい程の煙草の匂い。水滴が頬を伝わり、流れ落ちた。
　心臓がうるさくて破裂しそうになる。
「む、無理言うなよ！　元彼じゃねぇけど、俺にとって大事な先輩なんだ。俺達はただのセフレだろ」
　思わず早口になった。
　とにかく誤魔化したかったんだと思う。こんな風に焦っているのも、動揺しているのにも気付かれたくない。
「……そうだね」
　投げやりな口調だった。

『ただのセフレ』
今、その言葉で突き放す必要があったのか……？　でも零士が『会わないで』とか言うから。つい……
言い過ぎたと思っても、すでに遅い。
いくら穏やかでも零士もαだ。ただの独占欲と執着。それだけの事なのに、わざわざ『セフレのくせに口出しするな』と言わんばかりの態度を取ってしまった。
無言のまま、零士がシャワーを止める。
二人共ビショビショだった。

「……分かってるよ」
傷付いた顔……
零士が自嘲気味に笑い、罪悪感に苛(さいな)まれる。
お前、自分がどんな顔してんのか、分かってるのか？　……いっそ怒られた方がマシだった。
あまりに悲しそうな表情に胸が詰まる。
空気を読むのは得意な方だ。人と揉めないように、いつも上手く立ち回ってきた。
……でも、こんな時、どうすればいいのか分からないんだ。
人との距離を一定に保つばかりで、浅い付き合いしかしてこなかった俺は——

謝る……？　こんな重い雰囲気、無理。
……何に対して？　謝ってどうするんだ。
『会わないと約束して』そう言われたら……？
久し振りに少し話したかった……
本当にそれだけだったのに。
「風邪ひくから出よう」

零士の声が暗くて、焦ってしまう。
普通だったら――突然、風呂場に連れて行かれて、服を着たまま湯をかけられるなんて怒っていいと思うけれど……
落ち込んでいる横顔を見たら、何も言えなくなってしまった。
戻れるなら、取り消したい。
『セフレ』だなんて言わなきゃ良かった。
……仲直りをしてから、ずっと笑顔だったのに。

零士はバスタオルで俺の頭を拭いてきた。
自分の頭を先に拭けよ。……なんで、こんな時にまで。
「……はい」
棚から取り出し、手渡された着替え。それは、持って来るのが面倒だからと置(お)きっ放(ぱな)しにしていた服だった。ゲームのコントローラーやスマホの充電器。記者会見の事で泊まる前から、少しずつ増えていった俺の荷物。
……でも零士は迷惑そうな顔もしないで。寧(むし)ろ嬉しそうにそれを許していた。

セフレらしくない距離。寝ない日もあった……
大嫌いだったマーキングや嫉妬。許しているのはなんでだ？
お前が笑うと、ほっとして……
一緒にいると、つい笑っちゃって……
落ち込んでいる時はなんとかしてやりたいと思う。前だったら、きっと朝帰りしても言い訳すらしなかった。
……俺の方も零士を特別扱いしている。
でも、ずっと向き合えなかった。

零士は何も言わず、脱衣所を出て行ってしまった。

慌てて着替えてからリビングに向かう。
そろりとドアを開けると、零士も着替え終わっていた。
「仕事に行ってくる。レキの家の調査結果が今日分かる予定だから、報告来たら連絡入れるよ」
まだ、こんな早い時間なのに。
本当に仕事……？　顔も見たくない位、失望させた？
今日は水曜日でバイトは休み。いつもなら『今日の夕飯は——にしよう』とか『仕事終わったら遊びに行く？』とか話すのに。
……何も約束していない。

あっという間に支度を済ませ、零士は鞄を掴んだ。オロオロしながら玄関へ付いて行く。
無言で靴を履く背中はどこか寂しそうで、なんとも言えない気持ちになる。
「れ……零士」
「……何？」
零士は振り向きもせず答えた。
疲れていても眠くても、俺と話す時はいつも顔を見て話をしていた……なのに……

αは他の者と触れ合う事を許さない。
人のものには興味がない。どんなに大事にしていてもΩが浮気をすれば、即座に切り捨てられる。
常識だ。それ位、誰でも知っている。
付き合ってもいないし、浮気でもないが……
「……き、昨日は本当にうっかり寝ちゃっただけだから」
もう一度伝える。
なんの為の言い訳か。分からないけれど、このままじゃ……

「最初から言ってたもんな。『万が一、本気になったら関係はお終い』って。……悪かったよ。俺に束縛する権利はない。もう行かないと……後で連絡するから」
　零士は俺の答えを待たずに行ってしまった。
　なんで、そんな言い方……
『恋人になりたい』『付き合おう』芸能人だと見破った日、零士に言われ、『セフレならいいよ』と俺は確かにそう答えた。

　作れなかった友達としてみたかった寄り道や待ち合わせ。
　辛かった過去を流す為に入っていた海。
　零士と一緒にいると——
　トラウマが次々と塗り替えられていく。
　それだけじゃない。希薄だったバイト先の人達との関係も少しずつ変わってきた。
　変化に戸惑いつつも、俺はどこかで安堵していたんだ。
　零士が俺に強要する事はない。喧嘩になりそうでも必ず先に折れる。いつも俺の気持ちを分かってくれて、本当に嫌な事はしないし、困っていたら必ず助けてくれた。
　こんな風に置いて行かれたのは、初めて……
　閉まったドアは開かない。玄関で呆然と立ち尽くす。
　これは俺に対する罰なのか。
　過去から逃げてばかりだった俺への……

後悔

置いて行かれた。
外はすっかり明るくなったのに、俺は動けずにいた。
仕事だから、いつもより早く家を出たんだよな……？
落ち着かない気分で、リビングに移動した。

部屋は煙が充満していて、物凄く空気が悪い。窓を開けて換気をした後、テーブルに目が行く。出しっ放しの灰皿には、山積みの煙草の吸い殻が残されていた。
キッチンのカウンターにも灰皿が置いてある。
こっちも大量の吸い殻……。
……一体、何箱吸ったんだ。もしかして早起きしたんじゃなくて、寝ずに俺を待っていたのか？
そのままにしているのも初めて見る。
禁煙する前も、俺がいる時は絶対に吸わなかったし、吸い殻もいつも片付いていた。吸う時だって、家主のくせにわざわざベランダに出て……
もう一度、灰皿を見つめる。
心配して……こんなに……？

＊　＊　＊

外に出る気にもならず、テレビを見る気分でもなく、浮かない気分で零士を待った。一人、ぐるぐると考えてしまう。
ライムの通知音が鳴り、急いでスマホを確認する。
――零士からだ。

〈調査の結果、家は問題ない事が分かった。もう帰って大丈夫だよ。レキのお母さんにも連絡してある〉
……帰れって事？
メッセージを読み、愕然とする。
いくら過去の仲間でも目の前で、他の男を選ぶような態度が問題だったんだ。
我慢できず立ち上がる。
財布とスマホだけ、手にして家を飛び出した。

＊　＊　＊

「……レキ？」
中から出てきたのは、爽さん。
一人で待つのに耐えられず、押しかけたのはソナ兄の家だった。
「ソナ兄いる？　今日、仕事？」
「いや。いるけど……」
アポ無しの訪問に爽さんは少し驚いていたけれど、中に入れてくれた。靴を脱ぐと、足音が聞こえる。

「爽ちゃん。宅配？」
キッチンからソナ兄が出て来た。
「レキ？　急にどうしたの？」
ソナ兄から心配そうに声をかけられる。
「連絡もしないでごめん。いたら……いいな……と思って直接来ちゃった」
「それは別にいいけど……何かあった？」
なんて切り出せばいいのか迷っていると――
「とりあえず座って」

ソナ兄がココアとクッキーを出してくれ、言われるままソファに腰を下ろした。
「……相談があるんだ」
意を決し、口を開く。
「相談？」
ソナ兄も爽さんも意外そうな顔をした。
「と……友達の話なんだけど」
あんな零士、初めて……
縋る気持ちで、二人に向き合った。

「……っていう事があったらしいんだけど、どう思う!?」
事の顛末(てんまつ)を一気に話した。
「え!?　レキ、同棲してるの!?」
それを聞いて、ソナ兄が素(す)っ頓狂(とんきょう)な声を上げる。
「違っ！　事情があって数日……お、俺の話じゃなくて、友達の話だって言ってるじゃん!!」
「……そ、そうだね！　その子は同棲してもいい位、相手に気を許してるんだ……そっか、そっかぁ……」
気恥ずかしくて、友達の話と嘘をついたが、ソナ兄は全然信じていないようだ。
「アウトだな。察するにαの方はそのお友達とやらに好意を持っていた。そうだろ？」
爽さんがきっぱりと言う。
「ちょ、爽ちゃん！」
ソナ兄が焦って、爽さんを止める。
『アウト』
爽さんの言葉が胸に刺さった。

客観的な意見に、現実が重く伸し掛かる。
「酷な事を言うようだけど、男にとって目の前で他の奴を選ぶのはちょっと……」
言われた言葉に下を向く。
「爽ちゃん！　もう少し優しく！　レキはデリケートなの！」
ソナ兄が慌てて話す。
「そのお友達は悪かったと思ってるし、関係を修復したいって事だな。こういうのは誤魔化しても駄目だ。過ぎた事をとやかく言うよりも、これからの事を考えなくちゃ」
爽さんの言葉にゆっくりと頷く。
「……具体的に何をすればいい」
俺が聞くと、二人は顔を見合わせた。
「謝る」
二人が同時に言う。
「連絡しないで朝帰りした事は謝った」
朝、出て行った時の零士を思い出すと辛い。
「普通、他の男を目の前で選ばれたら、ショックで簡単には許せないよ。謝るだけじゃ駄目かも。早くなんとかしないと。時間が経てば経つ程、溝は深まる気がする。……そうだな。料理作って、彼シャツ着て『他の誰よりも好き』って伝えたら？　俺だったらクラッとくるし、そんな健気な事されたら堪らない」
爽さんが『名案！』という顔で提案してきた。
「二人は恋人じゃない」
一応、言っておく。
でも爽さんの言葉には実感が籠っていた。ソナ兄の元彼に長い間、嫉妬し拗れた過去があるからだ。

「大切な人は大事にしないと……離れてくよ」

ソナ兄は辛そうに話した。
今朝の零士の態度。本当にそうなってもおかしくない。
零士が離れていく。それは嫌だと思っている自分がいる。
「心でどんなに思っても伝わらない」
そうだな、確かに。
零士はきっと俺がこんなに悩んでいる事を知らない。
「『こうしたい』『こうなりたい』そう思っても思ったようにはいかない事が多いよね」
ソナ兄が肩をポンと叩いた。
そうかもしれない。俺だってあんな風に突っ跳ねるつもりは……
「俺も……苦しいのに気持ちを抑えられなかった。結局は爽ちゃんを傷つけてばかりで……今でも悲しくなる」
目には涙が滲（にじ）んでいる。
「ソナタ……」
爽さんがソナ兄の肩を抱き、指で涙を拭う。
「あの時、爽ちゃんが来てくれなかったら……勇気を出さなかったら……今、隣にいなかったかもしれない」
ソナ兄が言い切った。
「伝える事は大事だと思う。俺は後悔してばかりだったから……」
重い台詞。今日は痛い程、刺さる。
「さっきの爽ちゃんの案、良いと思うんだ。料理を作ったら、仲直りしたい意思表示になるかも。もう一度、ちゃんと話してね……」
ソナ兄は目を擦りながら、話してくれた。
「相手がどんな人かは分からないけど、男なら自分だけの為にやってくれたら、なんだって嬉しいし、それだけで許せる」
爽さんが発破（はっぱ）を掛けるように言ってきた。

二人は『頑張れ』とは言わなかった。

ただ『正直に伝えろ』と……
少し話してから、ソナ兄の家を出た。
心配そうに見送る二人に手を振る。

＊　＊　＊

零士の家の玄関を開け、両手いっぱいの買い物袋を下した。
……別に？
爽さんに言われたからじゃない。最近作っていなかったし。
もし『まだ家にいたんだ』って顔をされたら、どうしよう……
悩んでも仕方ない。
とりあえず料理に取り掛かる。
選んだのは、零士の好きなチーズハンバーグとシチュー、唐揚げ。お子様味覚のあいつは基本、何を作っても喜ぶが、何回もリクエストされているお気に入りのメニューにした。デザートは零士が一番好きなエアーチーズケーキ。
ご機嫌取りな感じで自分らしくないけれど。

『仲直りしたい』
……俺の本心だ。

俺達は恋人でも何でもなくて、ただのセフレ。
でも、もし零士との時間が無くなったら……
想像すると、寂しくなるんだ。

彼シャツ

　もうすぐ零士が帰ってくる時間……
　料理はほとんど終わった。
　時計を見て、零士のシャツを掴んだ。
　やんの？　俺が……？
『自分の為にやってくれたら、それだけで許せる』
　爽さんの言葉を思い出す。
　……本当かよ。
『思ってるだけじゃ何も伝わらない』
　ソナ兄の言葉は尤(もっと)もだ。
　説明するのは苦手だから……
　これなら意思表示になるはず。
　αであれば所有欲を少なからず持っている。自分の服を着ていたら、悪い気はしないだろう。
　シャツに袖を通す。
　……き……着てしまった。
　シャツからは柔軟剤の爽やかな香りがする。逃げ出したい思いを抑えて、姿見の所へ移動。鏡に映る自分を見る。
　零士との身長差は20cm以上。耐え切れず目を逸らす。
　この格好、無いよな……無い!!　阿呆っぽい。
　ダラダラと冷や汗が流れた。
　男として何かを失った気がする。いやいや。仲直りの為……
　大体、世間一般で彼シャツが喜ばれるという情報は確かなものなのか？　一部のマニアックな奴の性癖なんじゃ……ただ単に爽さんの趣味かも。ターゲットはソナ兄限定の。
　これ、笑われて終わりかも。さ、寒い……

朝の素っ気なかった零士を思い出す。
揉めそうな時、いつも先に謝るのは……悪くなくても折れるのは……零士の方だった。でも、それを押し付ける事もなく、感じさせる事もなかった。
今まで言いたい事を我慢していたのかもしれない。平等に思えた関係も零士だから成り立っていた。
俺はその優しさに甘えていたんだ。
……もし外したとしても、ウケて笑ってくれたら。それなら、それでいいか！
ク、クソ。恥ずかしいけれど、やるしかねぇ！
でもズボン無しはハードルが高い。自分のズボンを穿いた。
これだとインパクトに欠ける？　笑いを取るなら中途半端じゃなく、思い切って……
一度穿いたズボンを脱ぐ。
とりあえず『着替えがなくて服を借りた』って言おう。怪しまれないように、洗濯済みの服をポイポイ洗濯機に突っ込んだ。
暑くて、下は履いていなかった事にしておけば……
リビングをウロウロしつつ、時々鏡を見て、心の中で絶叫しながら零士を待った。

＊　＊　＊

鍵の音がして振り向く。
か……帰ってきた!!
もう考えるな！　とりあえず行け！　考えるのは後!!
急ぎ足で玄関に向かった。

帰宅…side零士

もうすぐ日付が変わるのに、帰って来ない……
……電話をしてもコール音が虚しく鳴るだけ。
耐え切れず、やめていた煙草に手を出してしまった。
勘の良いレキの事だ。俺の気持ちに気付いたのかもしれない。
強くなる独占欲、嫉妬やマーキング、ワイドショー、記者会見……心当たりは山程ある。
重苦しい静寂が、自分達の希薄な関係を物語っているようで、気分を暗くさせた。

結局、心配で一睡もできなかった。
朝方、施錠を外す音がして、立ち上がる。
ちゃんとレキの話を聞きたい。感情的になるのはやめよう。そう心に決めていたのに――
ドアが開いた瞬間、さっき心で誓った事は一瞬で吹き飛んだ。
レキから他の男の匂い。
到底、一緒に飲んだ位じゃ付かない程の……
信じられなくて、言葉を失う。

――あいつと寝た？
嫌悪感で吐き気すら感じる。苛ついている自覚はあったし、それを隠す努力もしなかった。
不快な香りに眉をひそめる。
結局、碌（ろく）に顔も見ず、家を出た。

＊　＊　＊

ニュースの仕事では顔色が悪過ぎるとメイクに時間がかかり、『運命の番』ではまたＮＧを出してしまった。映画の打ち合わせでは体調不良を疑われて、赤井さんに『もう帰ったら？』と言われる始末……

烈はレキの過去を全部知っている。普通、αなら絶対に許さない事情。知った上で側にいて見守り、報復までしていた。

控室の窓から外を眺める。

頭にくる程の雲一つない晴天。窓から見える青空をぼんやりと見つめた。

仕事の合間に、投げやりな気分で『帰って大丈夫』とメッセージを送った。

……これで良かったんだ。

今は冷静になれないし、嫉妬してレキを傷つけたくない。

優しくできなくて、ごめんね……

すぐに既読はついたが、返事はこなかった。

ようやく全ての仕事を済ませて、タクシーに乗り込む。

――多分、レキは家にいない。

朝、冷たく当たって素っ気ないライムを送ったんだ。玄関まで追いかけてくれたのに、振り返りもせず仕事へと急いだ。あの時、レキはどんな顔をしていただろう……

睡眠不足のせいもあり、頭痛が酷い。

考えるのが辛くなり、目を閉じる。車が走り出し、あっという間に睡魔に襲われた。

「……さん。お客さん！　着きましたよ！」
運転手の声で、意識が覚醒する。
今日は何も考えずに寝たい。
マンション内のコンビニでビールを購入。アルコールの力を借りる事にした。
憂鬱だな。レキのいない家に帰るのは。

玄関のドアを開けた時、香るはずのない甘い匂いがした。
「……お帰り」
廊下から遠慮がちにレキの顔が覗く。
あんな態度を取ったのに、待っていてくれたのか。
言葉なんて出てこない。それでも今すぐ抱きしめたくて玄関に上がる。——と、レキがこちらに歩いてきた。
その姿に自分の目を疑い、二度見する。

レキが着ているのは俺の服。大き過ぎるシャツから細い足が伸びている。どう見てもズボンを穿いていない。
動揺して、持っていたコンビニの袋を落としてしまった。ビールがゴロゴロと転がり、レキがそれを拾おうとしゃがんだ。
開いた胸元に目を奪われる。
「……そのシャツ」
つい口に出してしまうと、レキの顔が真っ赤に染まった。
「これは、その……着替えが……なくて借りたんだ。ズボンは暑くて……べ、別に。狙ったわけじゃないから！」
レキがしどろもどろ話す。珍しく要領を得ない、回りくどい言い方だ。そういう理由で挙動不審になるとは思えない。

まさか本当にわざとやったのか……？
『彼シャツ』の単語位、知っている。世間的に人気がある事も。なんの為にこんな……お前、そういう事やるキャラじゃないだろ。
「いや！　格好はどうでもいい！　俺、謝りたくて……」
レキの言葉に顔を上げる。
「零士。顔色、悪い。朝から仕事だったのに本当にごめん」
レキが必死に言葉を繋ぐ。
一生懸命話す様子を見て、胸が痛くなった。
俺の態度のせいで不安に思わせてしまったのかもしれない。レキは叱られた子どものように俺の返しを待っている。
俺が怒っていると思って、こんな格好をした？
仲直りしたいと思って……？
「そんなに飲んでなかったんだけど、いつの間にか寝ちゃって……俺一人泊まったわけじゃないんだ。皆、リビングで雑魚寝してて。多分だけど俺がΩだから、誰かがベッドに運んでくれて、ベッドは俺が占領して一人だったし……」
セフレに事情を話す義務はない。
でも、ちゃんと説明をしてくれた。

どんな思いでこの格好をしたのか、どんな気持ちで俺を待っていたのか、考えただけで胸が苦しくなる。
「……俺こそ。朝、ごめん」
大人げなかった言動を謝った。

『レキが好き』
大きくなり過ぎた気持ち。
好きなのに……
誰より大事にしたいのに……

最近、傷つけてばかりだ。

「零士。夕飯、食べてきた？」
「まだ。お腹空いた？　なんかデリする？」
そう答えると、腕を掴まれリビングへ連れて行かれた。
ハンバーグに唐揚げ。テーブルには俺の好きな物がたくさん並んでいる。
「最近、作ってなかったから……」
レキがポツリと呟いた。
その健気な行動に胸が詰まる。

俺が手を離せば、簡単に関係が切れてしまうと思っていた。
まさか俺の為に、ここまでしてくれるなんて……
不安げな様子で俺を見るレキと、目を合わせる。
「……食べたかった物ばかり。ありがとう、レキ」
「そうだろ？　良かった……」
ほっとして笑うレキを見つめた。

俺は理解していなかった。彼シャツの威力ってやつを。
食事中も気になって仕方がない。
『彼シャツを着ている』
その意識はあるのだろう。目が合うと恥ずかしそうに逸らされるし、気になっているのか、いつもより服を触っている。
αの独占欲。なんで許すみたいな……
皿を取ろうとして立ち上がったレキの——正しくは俺のシャツがズレて肩が覗いた。
すぐに直すけれど、今度は胸元がはだけている。

思わず凝視してしまうと、慌ててレキが胸元を隠した。
「……なんだよ、見るな。早く食え」
少し気まずそうにハンバーグを口に運ぶ。
いや、普通見るよ。好きな子が俺の服を着ているのだから。
今朝の事を思えば、俺は浮かれる資格なんて無い。反省しているし、今日は手を出さずに頑張りたいところ。
ただ、これは男の性(さが)だ。
「……見るなってば」
シャツの首元を握り真っ赤になっているレキを見たら、理性が吹き飛びそうになる。
照れているレキの可愛さは殺人級。黙々と食べ進める中、時計の秒針だけがリビングに響く。

俺は酷い態度を取った。レキは俺の為にわざわざ料理を作り、待っていてくれたんだ。
流石にこの流れで手を出すのは、無い。
——今日は大切にしたい。
決意してハンバーグを口に入れると、レキが心配そうな表情を向けてきた。
「旨くない？」
また肩が出ている。
落ちたシャツ。首のラインを目でなぞった。
……っていうか、レキの甘い匂いもなんとかして。
「零士」
「え？」
「ハンバーグ。違う味が良かった？」
いけない。会話の最中にボーッとしていた。
「いや、美味しいよ。デミソースとチーズ、最高」

「なんか難しそうな顔をしてるから」
　駄目かも。シュンとしているレキ、可愛い……
　俺の態度をこんなに気にするなんて。
「ごめんね、考え事してただけ。俺の態度、酷かったのに……帰らないでくれて嬉しい。ありがとう、料理も」

　彼シャツに見惚(みと)れていたのは秘密。レキの気持ちを蔑(ないがし)ろにしたくない。思っている気持ちをなんとか伝える。
　——今日だけは負けられない。

心配…sideレキ

もう一度謝った。
零士のシャツを着て待っていた俺は滑稽（こっけい）だったに違いない。
……笑われるかも。心配はあったけれど、笑いが取れたらそれはそれでいいと思っていた。彼シャツか料理がきっかけになれば、儲けもの位の気持ちで。
本当は……零士が帰ってくるまで、不安でいっぱいだったんだ。

帰ってきた零士は、まず俺が家にいた事に驚いていた。『俺もごめん』と言い、抱きしめられる。
チラリと顔を見ると、零士は何か考え事をしながら、ハンバーグを食べていた。
いつもなら『美味しい』って笑ってくれるのに。
まだ怒っている……？
どこか上の空。不安な気持ちで零士に向き合う。
俺の視線にも気付かず、ずっと難しい顔。距離を感じ、心配になる。確かめたくて、零士の隣に座った。
「……どうしたの？」
若干、戸惑う零士。答えずに零士の手を握った。
「零士の手、大きいな」
口にしてから恥ずかしくなる。
微妙にあざとくなってしまった。でも、いつも触り魔のくせに、今日は玄関で仲直りのハグだけ。ほとんど目も合わない。
顔を見ると、また目を逸らされた。視線が合わない——
お互い会話もなくなって、居心地の悪い空気になる。
まだ許せないのかもしれない。零士だってαなんだ。他の人の家に泊まったのもベッドで寝たのも、嫌がるに決まっている。
　それとも彼シャツに呆れた？　俗っぽい格好に嫌悪感？　笑いを通り越して、不快だったんじゃ。
　……そうだよ。大体、男の足なんか見ても面白くねぇだろ。女の子がやったらグッとくるかもしれないが。
　急に勇気がしぼんでくる。

「……そう言えば、ビール飲みたかったんじゃないの？　持って来ようか？」
　ついでにズボンを穿いてこよう。
「ビールはいい」
　零士がきっぱり話す。
　それじゃあ、着替えに行けない。
　考えていたら、うっかり箸を落としてしまった。かがんで拾う。
　……丁度良かった。
「俺、新しい箸、持ってくる」
　立ち上がると、腕を掴まれた。
「レキ」
「なんだよ」
「その格好の理由を教えて」
「な、なんでって。さっき、言っただろ。俺の服がなくて借りただけ。それに暑かったから……」
　頬が熱くなってくる。
　馬鹿な事する俺に幻滅か……？
　心配で零士を見る。

　少し熱っぽい目。零士はシャツを見ていた。
　目がやらしい……気がする。

……あながち外したわけじゃないのか？
『男なら自分だけの為にやってくれたら、なんだって嬉しいし、それだけで許せる』
本当かよ、爽さん。外したら恨むからな……！
距離を詰めて、あえて上目遣い。零士の膝に手を置いた。
零士の態度が気になる。目が合わない理由を知りたい。
……いつもみたいに笑えよ。

ふと、この前の痴態を思い出す。薬の過剰摂取で甘えまくっていたら、零士は困りつつ嬉しそうだった。
甘えたら喜ぶ……？
指を絡ませて、目線は外さない。昔、βを引っ掛ける時にやっていた手口。
長いまつ毛。角度によって色が変わる瞳。高い鼻筋。
男のくせに綺麗な顔。
戸惑っている零士と目が合う。
こんなにマジマジと見るのは、久し振りかもしれない。
最近は照れくさくて……
見ていたら、露骨に顔を逸らされた。
零士は完全に俺から目を背けている。
「零士」
諦めず声をかける。
返事が返ってくるまで、しばらく、かかった。
「……何？」
こっちは見ずに言われる。
今朝の事を思い出し、段々と焦ってくる。
そのまま背中にくっついてみた。それなのに零士は全く動かない。
あまりの無反応に心が折れそうだった。

……こっち向けよ。バカ零士。
「まだ怒ってんのかよ」
小さい声しか出なかった。
「ごめんってば……」
問いかけに零士は何も答えず、心が折れそうになる。
「烈さんはただの先輩だし、お互い、恋愛感情も無い」
もう一度伝えても、零士は一言も話さない。
そんな無視しなくても……
「レキ」
厳しい口調で声をかけられ、ドキッとする。
……誤魔化すように誘って怒った？
ガタガタッ……
自分の身に何が起きたか分からなかった。天井が見え、気が付いたら押し倒されている。
状況を理解すると同時に、零士が唇を指でなぞった。顔が近付き、緊張が走る。
キスされる⁉　でも拒否したら……
迷ったけれど、目をつぶった。

「……俺の理性、試してるの？」
「え？」
言われた言葉が理解できず、目を開ける。
零士は俺を起こし、無言で立ち上がった。その手はやけに熱い。
「俺、シャワー行ってくる」
零士はなんだか疲れ切った表情をしていた。
「……い、一緒に入る？」
恐る恐る聞いてみたが、零士は石のように動かない。
「また今度ね……」

頭を抱えるように零士が呟く。そのまま、ふらふらと歩き出すが、テーブルにぶつかりリモコンが落ちた。そのリモコンが床を滑り、ゴミ箱にヒット。倒れて中身が散らばった。

「零士……？」

……何、この漫画的な惨事は。

「α煽るなんて、らしくない真似、やめなよ」

零士は長い溜息を吐き出した。

別に煽ったわけじゃ……

「俺が大変な事やらかしたら、どうするの。大人しく待ってて」

少し困った顔で笑い、零士はゴミを片付けてから、リビングを出て行った。

雷

待っている最中、窓が光った。

バリバリバリ……ドォォォン！

窓に映る稲妻。鳴り止まない雷の音。派手な音の後に、リビングの電気が消えた。

「停電……」

思わず独り言。何度、スイッチを押しても電気は点かない。暗いの自体は平気だけれど、暗闇だとやけに雨や雷が怖く感じる。いつ次が来るか、分からない感じも嫌い。

『雷＝悪い事が起きる』

どうしても、その考えが拭えない。

真っ暗な室内。嫌な音がずっとしている。

我慢できずリビングを出て、風呂場へと走った。

21歳にもなって、恥ずかしいとは思ってるよ。……でも怖い物は怖いんだ！

遠慮なく風呂場のドアを開く。

「零士！　停電……」

「大丈夫だよ。すぐマンションの自家発電に切り替わるから。……レキ。怖いの？」

気遣うように言われた。

「別に怖くないけど？　ただ、あのデカい音が好きじゃないだけ」

「知らなかった。お前にも怖い物あるんだ……」

でも馬鹿にしている感じではなくて。

轟音と共に、窓が何度か光った。

「近いね。落ちたのかな……」
零士は窓の方をじっと見ている。
過去を思い出し、手が震えてしまう。
「……大丈夫？」
俺の様子に気付いたのだろう。
零士が心配そうに話しかけてきた。
ようやく電気が点いたが、まだ雷が鳴っている。

『気持ち悪い！』
『お前、Ωだったのか』
雷のせいで余計な事まで思い出す。
……過去は消せない。
自分を縛る忌々(いまいま)しい記憶。フラッシュバックしそうだった時——
「俺、雨が好き……」
突然、零士がそう言った。
雨なんて俺じゃなくても嫌いだろ。
道は混むし、濡れるし汚れるし……
「なんで……」
思わず聞き返してしまった。

「お前と初めて会った日、雨だったから」
零士は笑顔を見せた。
その答えに気が抜ける。
「……なんだ、それ」
「雨だと、フェロモンの影響が少なくなるから、それもあるかな」
零士はそう続けた。

『雨が好き』

いとも簡単に口にした台詞。たった一言で、自分の価値観が全てひっくり返されてしまいそうだった。
意を決して、もう一度窓を見てみる。
曇りガラスに映る稲光は、先程までとはどこか違って見えた。
雨の日は嫌な事を思い出す。
でも言われてみれば、梅雨に零士と出会ったから、一緒にいる時は雨が多かった。
『お前は綺麗だよ』
あの日も雨が降っていたっけ……
最近は天気に関係なく、ぐっすりと眠れる。

「怖いならハグしてあげようか？」
からかわれたのかもしれない。
でも声が優しくて、胸がぎゅっとなる。
手を伸ばし、零士の胸に頭を寄せる。急にくっついてきた俺に、零士は驚きを隠せないようだった。
「レキ、濡れちゃうよ……」
零士の腕が回ってきて、ほっとする。
……このトラウマも薄れて消えていけばいい。
俺、狡いかな……
零士に寄り掛かったまま、目を閉じた。

「朝……寂しかった……」
「え？」
零士が聞き返してきて、ハッとする。
……しまった！　俺、今なんて言った？
「ぁ……いや！　ち、違っ。なんでも……なんでもない！」
慌てて離れるが、冷や汗が噴き出す。

必死に言い訳を探していると、痛い位、零士に抱きしめられた。
「……俺も寂しかった」
その声はどこか扇情的で、体が熱くなってくる。
そっとボタンを外され胸元を開かれた。すぐに下着まで下ろされ、心臓が忙しなくなる。
「ぅ、ア」
零士の指が後ろに触れた。
「あ、……んんッ……」
「……なんで濡れてるの？」
意地悪な言葉に返事なんてできない。
「痛っ！」
突然、零士がシャツの上から肩を噛んできた。
掴まれた腕も痛い。
――その晩、零士は少し乱暴だった。

繰り返される快感に翻弄され、堪らなくなる。
「零……士……！　も、ぅ……」
これ以上は俺の理性が保(も)たない。
「もう何……？」
分かっているくせに、あえて聞くなんて。この……！　普段、優しいくせに、なんでヤる時にちょいちょいSを発動させるんだ。『挿れて』とか言わせる気か？　俺のキャラじゃねぇだろ！　大体、男がお強請りとか寒過ぎる。
「し……しないのかよ」
自分も興奮しているくせに……
いいから、サッサと突っ込めよ！
「レキが急に来るから、ここにはゴムがないんだ」

「それなら寝室に――」
「あと少しね」
　零士は取り合う事なく、にっこり笑った。
　クソ。言うまで焦らす気か！
「少しって、アッ……！　んん！」
　話しているのに、指を動かされる。
　これ、いつまで続くんだよ。やっぱり怒ってんの？
　力が抜けて、足が震えてきた。
「……何が欲しい？」
　零士の濡れた髪から雫が溢れる。
　フェロモンに当てられて、とんでもない事を口走りそうだ。
　零士とヤるのは気持ちいい。挿れられて揺さぶられたら、自分では止められなくて……
　頭が真っ白になる位の快感を思い出す。
「聞かせて」
　零士が俺を見下ろして言ってきた。
『挿れて』とか『零士のが欲しい』とか、生憎俺は可愛くないから言えないんだ。
　そんな事を言っている自分を想像するだけで寒気がする。
　キッと睨み、零士のものを掴む。
　熱くて硬い……
　こんなになっているのに、寸止めを繰り返すなんて。零士の方こそ、理解に苦しむ。
　言わない代わりに、ゆっくり上下に擦った。
　お前がその気なら、俺だって……
　触れるだけ。決定打を与えない。
「レキ」
　零士の声が上擦る。

目線を上げると、零士が食い入るように見ていた。その熱い目を見て、思わずたじろぐ。握ったはずの主導権は今にもボロボロに崩れ去りそうだった。
「……っ」
　零士の息が乱れてきた。
　鈴口を撫でると、じわりと欲が溢れてくる。それを指でなぞり、更に擦った。
　うっとりする程の強烈なフェロモン。風呂場に零士の香りが広がり、体が熱くなる。
　……なぁ。いつもみたいに抱けよ。
　こんな生殺しみたいなの、俺には無理。

「んッ！」
　突然の刺激。零士が後ろに指を入れてきた。
　この期に及んで、反撃する気か。
「ぅ……」
　中途半端に放置された体は簡単に快感を拾う。
「……あっ！」
　指が俺の弱い部分に届き、思わず声を上げてしまった。与えられる悦に翻弄されて、手はいつの間にか止まったまま。
「レキ。もっとして……」
　お前がお強請りかよ！
　潤み、赤くなった目元。零士は滅茶苦茶やらしい顔をしていた。
「レキ、濡れ過ぎ……俺のをして興奮しちゃったんだ。可愛い」
　零士の声が風呂場に響く。
　何を……！
　反論してやりたいのに、前も後ろも同時に弄られて、言葉が出ない。色気を振りまく零士にもドキドキしてしまう。

「もっと強く握って」
耳から犯されそうだ。
焦らしてやりたかったのに、抗えず手に力を入れる。
同時に俺の後ろに入っていた指の動きが早くなってきた。
「ァ、あアっ！　あぅ！」
「手、離さないで」
お互いのものを合わせて擦られる。
先走りが溢れて、手で口を覆った。
「ん、ふ……ッ！」
先に達してしまい、耐え切れず、その場にしゃがみ込んだ。

「……ね、顔に出してもいい？　目、つぶって……」
とんでもない零士の発言に耳を疑う。
思わず目をつぶると、頬に温かいものがかかった。
し、信じらんねぇ！　顔射された！　ＡＶかよ!!　恥ずかしくなり、顔を慌てて拭う。
「が……顔射とか変態かよ！　大体、お前——」
話している最中、思い切り腕を引っ張られた。濡れたまま風呂の外に出され、洗濯機に押し倒される。
零士が上の棚に手を伸ばした。タオルを置いている場所から当たり前のようにゴムが出てきて、ビビる。
なんでこんな場所に避妊具が常備されているんだよ。脱衣所は着替える場所だろ！
今、出したばっかりなのに……
零士の目が完璧に据わっていて、怖くなる。
「……俺のがかかってて、やらしい」
まるで獲物を狙う肉食獣の様。興奮した顔で言われる。
頬は熱いし、どこを見ていいのか、分からない。

逃げようとしたら、顎を押さえられ、強制的に向き合わされた。
心臓が早過ぎて息が苦しい……
αの色気ってやつは本当に厄介だ。
慣れた手つきで自分のにゴムを付ける様子はあまりにエロくて直視できない。
「お前を汚すのって興奮する……」
なんだ、その台詞は！
零士の卑猥な言葉はスルー。黙っていると足を開かれた。
「こ、ここですんのかよ。お前……毎回、節操なさ過ぎ……」
片足を上げられて物凄く不安定。
「泣かせてもいい……？」
零士が自分の唇を舐めた。
甘ったるく迫られ、体がゾワッと震える。
「だ！　駄目に決まってんだろ！」
「……じゃあ、優しく？」
「ふざけ——ああアァっ‼」
前置きなく、いきなり挿れられ、思わず叫んでしまう。
精液が滴り落ちる。
さっき、イッたばかりなのに……
射精が止まらず、零士の腹と床を汚す。
「ァ……あ……」
挿れただけでイクなんて、屈辱的。でも散々焦らされたせいで、我慢できない。
ゆっくり引き抜かれ、快感が押し寄せる。奥を突かれたら、目の前が真っ白になった。
「ま、待って……っ！」
洗濯機に押さえつけられて、ガタガタと音が鳴る。零士が狂ったように腰を振ってきた。

「やめっ！　んんッ。は、アッ……駄目。あ……」
　零士は容赦なく、繰り返し攻め立てる。
　大声を上げてしまいそうで、口に腕を当てて必死に堪えた。
「……声、抑えないで」
　足を掴まれ、更に奥まで挿れられる。
「んんッ——！」
「我慢してるのも可愛いけど、今夜は聞きたい」
　ガンガン突かれて、生理的な涙が滲む。
「ぅ、ん……！　はぁ……」
　高まる射精感。あっという間に追い詰められる。
　今度はゆっくり抜き差しされて、もどかしさにクラクラする。
　——クソ！　また寸止め！
　今日の零士は物凄く意地悪だ。

　零士は濡れた前髪をかき上げた。その仕草がやけに色っぽくて、つい見てしまう。
「レキ？」
　零士は俺の性格をよく分かっている。
　俺が強請らない事は多分、想定内。
　ただ恥ずかしがっているのを見て笑っているだけか？　そう考えたら、ムカついてきた。
　——一泡吹かせてやろうか。
　俺が言わないような言葉で、焦らせてやる。
『零士の大きい』とか？　無理。ＡＶっぽくて引く。
『イカせて』は無いな。寒過ぎ……
『一緒に気持ち良くなろ』マジで吹き出すわ。
「考え事？　してる時くらい、俺の事、考えて？」
　優しく揺さぶられたら堪らない。

ゆっくりなのに……
気持ちいい……
あぁ、もう何も考えられない。
「……もっと」
零士の腕を掴み、目を見つめる。
反撃してやろうと思って、色々考えたけれど……
出てきたのはガキみたいな言葉だった。
零士は固まっている。しかもノーリアクション。
……少し位なんか言え。

不意に零士の質量が増えた。
「あぁッ……！」
角度が変わってしまい、中を刺激される。動いてもいないのに、またイッてしまい、恥ずかし過ぎて顔も見られない。
「洗濯機の上でやるから、背中痛いんだけど……とりあえず、せめてベッドか……ソファへ……」
零士は無言のまま、欲望を引き抜いた。
タオルを巻くが、体重を支えられず膝を突いてしまう。
腰に手が回ってきて、起こしてくれるのかと思ったら——
タオルを剥ぎ取られた。
な……!?
腰を持たれ、後ろに熱いものが触れる。
すぐさま状況を理解し、焦った。
「待て！　せめてリビングに——ん……アァアッ！」
後ろから挿れられて、手で床を押す。
零士はバックで、すぐに挿送してきやがった。
「……ャ！　や、だ……こんな格好っ!!」
動物みたいな行為。

後ろから犯されて情けない声を上げているなんて……
「やめっ！　あアッ!!」
制止しても、零士は止まってくれず、更に中を抉じ開けられる。
「ャ！　嫌……あぁッ！　も、……」
崩れ落ちても、無理矢理腰を上げられ、行為は続く。
肩に痛みを感じ、また噛まれた事に気付く。
「い、痛っ！　ん……んんッ——!!」
肩や背中に付けられた噛み痕やキスマーク。
体が甘く痺れている。
今日はまだ一回しかしていないのに、何回もイカされたせいで、意識が朦朧としてきた。
畜生！　焦らせてやるつもりが……
その時、奥で零士がピタリと止まった。
背中越しに感じる零士の体温と心音。
ドキドキいっている……

少しすると、零士は自分のものを抜いて俺を抱き上げた。
「体、冷めちゃったし、もう一度、お風呂に入ろう」
好き勝手をして気は済んだのか？
「……背中と膝が痛い」
文句を言うと、零士は困った顔で笑った。
「ごめんね。でも、あれはレキも悪いよ」
俺のせいにする気かよ……！
「可愛くて、どうにかなるかと思った……」
零士の顔がポッと赤くなる。
……いつもいつも恥ずかしい事を平気で言いやがって！

「ありがとう……」

湯船に浸かっている時、零士に言われた。
それは何に対しての『ありがとう』なのか。
なんだか言葉にならなくて、開きかけた口を閉じた。

＊　＊　＊

寝室に入った瞬間、緊張が走る。
出窓から見える光。外ではまだ雷が鳴っていた。暗い部屋からは、その様子がよく分かる。
「怖い……？　俺がぎゅっとしてあげる」
零士の言葉に思わず笑う。
「別に怖くない」
「電気点けようか？　明るい中で抱いたら、興奮しちゃうかもしれないけど」
控えめに言ってくるけれど、ドン引きである。
……まだ、ヤんのかよ。
「暗いままでいい」
少し向き合いたいと思い、口にした。
「レキはムード重視なんだね。覚えておく」
突っ込むのも面倒くさくなり黙っていたら、また稲光が映った。
「凄い雨だね」
零士がカーテンを開けると、一筋の稲妻が落ちる。
近かったのか、零士のマンションは防音設備があるのにもかかわらず音が凄かった。
視線に気付き振り向くと、零士は何やらデレデレしている。
「……なんだよ」
「怯えてるの、可愛い」
はにかまれて、深い溜息をつく。

「は？　言おう言おうと思ってたけど、お前、人として色々間違ってるぞ！」
「大丈夫。キュンとするのは、レキにだけだから」
「余計、怖いっつーの！」

外は大嫌いな雨と雷。
でも阿呆な零士のせいで怖がっている暇がない。
もう一度、顔を上げる。
今まで逸らしてばかりだった過去。少し怖かったけれど、目を向けられるようになってきた。
「よしよし。俺が付いてるから大丈夫だよ。俺って頼り甲斐ある？　惚れ直した？」
零士の勘違いと妄想は止まらない。
全くもって馬鹿な台詞である。

「乾かしてあげる」
零士はタオルを準備して、俺をベッドに座らせた。
「お前も拭け」
タオルを取り上げ、銀色の髪に掛けた。
「レキ、優しいね。そういうところ、好き」
零士の言葉にむず痒くなる。
「……勝手に言ってろ」
なんとなく今日は否定できず、そう言うと、零士は口元を緩ませていた。
手を繋ぎ、頬にキスされる。

「いつか俺を本物の彼氏にして。旦那でもいいよ。それとも番になっちゃう？」

その台詞に顔が熱くなる。
何を浮かれてやがる……
恥ずかしくて黙っていると、零士は俺を優しく抱きしめた。

＊　＊　＊

その日もいつの間にか眠っていたようで、目を覚ましたら零士の腕の中だった。
雨はいつの間にか止んでいて、外は明るく晴れていた。眩しい光が溢れ、瞼を擦る。
零士の腕をどけようとしたら、背中をポンポンと撫でられた。
起きているのかと思ったら、寝ているらしい。
珍しく全然起きない。
幸せそうに眠る零士を見つめる。

曖昧な俺達の関係。でも確実に何かが変わり始めている。

零士と一緒にいたい。
俺の中に芽生えてしまった想い。
落ち着かない気分で目を閉じると、零士の甘い香りがした。

《END》

Hot spring trip

紙書籍限定書き下ろし

「レキ、見て。絶景」
　窓を開けると、爽やかな風が入ってきた。
　鮮やかな緑に囲まれた美しい庭園。日常を忘れそうな風景に思わず見入る。
「……本当だ。綺麗だな」
　レキは鞄からスマホを取り出し、景色を撮影し始めた。

　少し前、クイズ番組で優勝、旅行券を獲得した。美味しい食事に、疲れを癒す温泉。遠慮するレキをあの手この手で説得。過去、フェロモンのせいで修学旅行に行けなかった話をしたら、不憫に思ったのか最終的にはＯＫしてくれた。
　一泊だけれど二人きり。赤井さんに頼んで、スケジュールを調整して貰い、ようやく待ちに待ったオフ。
　訪れたのは老舗の温泉宿。浮かれながら、パンフレットを開く。

「浴衣貸してくれるらしいよ。三種類の中から好きなものを選べるんだって。どれにする？」
　浴衣の見本の写真を見せる。
　濃いグレーの無地、紺の縦縞（たてしま）しじら、黒の麻の葉柄。
　帯は六種類ある。
「うーん。グレーかな」
「帯は？」
「黒」
　レキはシンプルなコーディネートが好みらしい。
「いいね。お揃いにしよっと」
「……やめろよ」
　そう言うと思ったけれど、俺だってお揃いとかやってみたい。
「俺も気に入ってるのに、なんで駄目なの？　落ち着いた色だし、

帯は断然黒。最初から、それにしようと思ってたんだ」
「嘘つけ」
　呆れ顔のレキに笑顔を向ける。
「すぐに着替える？」
「……風呂の後でいいや」
　頼んでしまえば、こちらのもの。後でこっそりフロントに電話しておこう。
　浴衣着たら、きっと可愛いんだろうな……
　想像して、口元が緩む。
「何、ニヤニヤしてんだよ」
　速攻で突っ込まれ、苦笑い。

「何かアルコール類はお持ち致しますか？」
　鮮やかな着物を着た仲居さんが、食事の準備をしに来てくれた。
「レキは飲む？」
「俺はいいや」
　飲んでお湯に浸かると、アルコール回るの、早いし……酔ったら、せっかくの旅行が楽しめないから、俺もやめておこう。
「すみません。結構です。この後、温泉に入りたいので」
「露天は景色も素晴らしいので、是非、ご堪能ください。では、お料理の説明をさせて頂きますね」
　テーブルに並べられた豪華な食事。卓上コンロの固形燃料に火を点けると、香ばしい香りが漂った。
「火が消えましたら、頃合いとなります。ごゆっくりお楽しみくださいませ」
　丁寧にお辞儀をした後、仲居さんは部屋を出て行った。

扉が閉まったのを確認。箸に手を伸ばす。
「うわー。旨そう！　どれから食べよう」
迷っているレキを見て、笑みが零れる。
立派な舟盛りに霜降り牛肉のステーキ、金目鯛の煮付け、松茸の土瓶蒸し、色とりどりな天ぷら、すき焼き鍋まである。
「あ……これ、旨い」
茶碗蒸しを一口食べると、レキはとびきりの笑顔になった。
「レキ、可愛いね……」
つい本音が漏れてしまう。
「は？　そこは『美味しそうだね』だろ。っていうか、お前も食え！」
「ふふ……うん」
「……何、ニヤけてんだ」
同じ物を口にすると、上品な出汁の香りが広がった。
「美味しい」
「だろ？　こっちは松茸だっけ？　俺、初めて」
土瓶の蓋を開け、俺も松茸を口に運んだ。
レキと一緒だと余計に美味しく感じる。

＊　＊　＊

「旨かったな」
レキが満足そうにお腹を擦った。
「じゃあ、温泉行こうよ。それとも少し休んでからにする？」
食事も美味しかったし、仕事頑張って良かった。
「ちょっと食べ過ぎたし、先に土産を見に行ってもいい？　隣にデカい土産屋があっただろ？　あそこに行ってみたい」
「ここはお饅頭が美味しいらしいよ」

「へぇ、自分用に買っちゃおうかな」
　財布だけ手に取り、二人でそこへ向かった。

「お前、買い過ぎ」
　レキが呆れたように言う。
「いつもスケジュールが詰まっているから、旅行久し振りなんだよ。家族の分と、赤井さん、ヘアメイクとスタイリスト達に。あとレキのご両親、ナオトくんと夏陽くん、こっちはソナタくんと爽くん」
　無難に日持ちするお煎餅やうどんを購入。
「なんで、うちの家族の分まで……」
　困り顔のレキに笑いかける。
「仲良くなりたいから」
「仲良くって……意味分からん」
　レキは赤くなりながら困っている。
　一度、荷物を置きに部屋へ戻った。

「約束だから、浴衣着てね？」
　楽しみにしていた浴衣を掴む。
「そもそも約束してねぇし」
「温泉って言ったら、浴衣だろ？　風流だし涼しそうだよ。せっかくだし着ないと」
　強引に手渡すと、レキは顔を上げた。
「お前、公共の場では必要以上に近寄るなよ」
　蔑むように見られるが、それ位じゃ負けていられない。
「俺が手を出すとでも？」
「今までの自分を思い出せ」
　今度は、プイッとそっぽを向かれてしまう。

どうやら俺の評価は底辺らしい。
『レキが可愛いのが悪いんだよ』なんて言ったら怒るかな。
「期待されても困る」
他人事のように、わざと困った顔をして見せる。
「するか！　なんで俺が！」
焦るレキを見て、思わず吹き出した。
「……何、笑ってんだ。大体、お前って奴は——」
ぶつぶつ文句を言うレキの頭を撫でると、勢いよく払われた。
「撫でるな」
「まずは露天に行かない？　時間毎だけど、貸し切りだよ。予約取っておいたんだ」
「行きたい……けど、本当に我慢できんの？　外でヤるつもりじゃねぇだろうな」
あまりの信用の無さに笑ってしまう。
「しないよ」
貸し切りと言っても、鍵が付いているわけじゃないし……
温泉っていったら、熱いから火照るだろう。心外だな。そんな姿、誰にも見せたくないし。
「大丈夫。温泉に入るだけ。早く行こうよ」
「でも貸し切りだったら余計に……」
疑うような目で見られる。
斯(か)くなる上は——
「……レキ、青姦したかったの？」
困惑しているような目線を向ける。
「ち、違っ！」
俺の様子を見て、レキは慌てて否定。
「俺、外ではちょっと」
「何、若干引いてんだ！　お前の手が早いせいだろ!!　俺は望んでないし！」
　こっそり笑いつつ、準備を済ませた。

「背中、流す？」
「……いらん」
「心配しないで。いくら貸し切りでも、外だからね」
「……」
「おいで。髪の毛洗ってあげる」
　これ以上、押し問答しても無駄だと判断したのか、レキは大人しくしている。
「痒(かゆ)い所はございませんか？」
「美容師かよ」
　相変わらず素早いツッコミだ。
「シャンプー出し過ぎて泡だらけ。ね、耳作っていい？」
「耳？　何、はしゃいでるんだ！」
「だって楽しくて。ほら、できた」
「おい。なんだ、この阿呆な髪型は！」
　鏡に映った頭を見て、レキは大声を上げた。
「猫みたいで可愛いよ」
　満面の笑みを向けたら、レキの目尻が下がった。
「はは……本当に困った奴だな」
　レキも楽しそうで嬉しい。

「はー。気持ちいい……」
　恍惚とした表情でレキが言う。
　上気した頬。お湯に浸かっているだけなのに、台詞のせいで色々と考えてしまう。
「逆上せそう」
　独り言のように呟き、気を逸らす。
「なぁ、次は中の風呂も行ってみたい」
　不意に腕を掴まれた。
　濡れた上半身を見て、ごくりと生唾を飲み込む。
「……露天以外にも色々あるみたいだね」
「色もピンクとか緑とかカラフルで楽しそうだな」
　はしゃいでいるレキと一緒に移動した。
　腰にタオルを巻いているが、無防備過ぎて、目のやり場に困る。

　露天風呂以外も充実していて、檜やゆず、ラベンダー、ローズの変わり湯、電気風呂、サウナやジャグジー、たくさん種類があった。
「こっちは期間限定のソーダ風呂だって！　青いな！　シュワシュワするらしい」
　レキは笑顔を見せ、全然、警戒していない。
　嬉しいやら困るやら……
「なんか肌がすべすべになった気がする」
　レキが自分の腕を撫でた。
　いつもより潤んでいる瞳を見ていると、情事を思い出す。
　首や肩。肌もいつもより赤い……
「温泉効果かもね」
　これは本格的に良くない。
「お前、腹筋割れてて凄いな。触ってみてもいい？」
　何やら興味津々なレキが手を伸ばしてきた。
　勘弁して。いつもは絶対に自分から触ってこないのに……
　どうやら外では手を出されないと思ったのか、すっかり安心した様子を見て溜息をついた。

「……いいけど」
後でお仕置きだな……

＊　＊　＊

お揃いの浴衣を着て戻ると、布団が並んで二つ敷いてあった。
ベタだな……なんて思っていたら、レキがそわそわしている。
「……何、赤くなってるの」
「別になってない」
睨まれて、笑ってしまう。
「また、そんな顔して……本当に困った子だね」
「何が！」
照れているレキを捕まえる。

「浴衣って、やらしいな……」
じっと見つめれば、目を逸らされた。
「やらしくない」
「だって帯ほどくだけで――」
腰を引き寄せ、帯を外す。
中に手を入れ、背中を撫でると、レキの肩がビクッと揺れた。
「温泉入ったせいかな。いつもより体が熱いね」
少し意識して欲しくて、甘い声で迫る。
「で……電気を……」
聞こえない振りをして、レキの耳を甘噛みした。

「……さっき、俺の事、困らせて楽しかった？」
「何が」
「信用してくれるのは嬉しいけど……俺の事、いつでも男として意識して欲しい」
「な――」
会話の途中で、腿(もも)から足の付け根をなぞる。
「……んっ」
「レキが煽ったせいで、余裕ないかも」
「……あ、煽ってな……っ」
今度は赤く染まる頬にキス。抱きしめたら香るレキのフェロモン。うっとりとして、目を閉じた。

「……ぁ」
レキの中に指を忍び込ませた。
「濡れてる」
「……ぅ、うるせ……っ」
目が合えば、簡単に囚われる。
「んんっ……」
「防音じゃないから、声抑えてね」
俺の言葉を聞いて、レキは手の平で口を塞いだ。
浅く深く。レキの中をゆっくり探る。
擦る度に甘い吐息が漏れてきた。
堪らなくて、ゴムに手を伸ばす。
「……ゃ」
「レキ……音、聞こえる？　奥の方が好き？　そんなに俺の指、締め付けないで」
執拗に中を虐めると、蜜が溢れてくる。
「ア、ぁ……」
「可愛い声……」
そう言われ、恥ずかしかったのか、レキはカァッと赤くなった。
「……ん、ぅ」

いつもより控えめな声を聞いて、欲望が燃え上がる。
「ね……俺も触って」
耳元でそっと囁く。
躊躇うレキの手を掴み、触れさせる。
「……レキの手、温かい」

好きな子と抱き合う。
……なんて幸せなんだろう。

「あ、ぅ……」
レキの声を聞いているだけで——
「今日は激しくしたい気分なんだけど、いい？」
欲望を押し付けると、そこは濡れていた。
「ぃ、ヤ——ッッ！」
「しー。声抑えて。は……気持ちいい……」
「ぁ……」

＊　＊　＊

レキは腕の中ですぐに寝てしまった。
タオルで拭いてあげようと起き上がったら——
急に抱きつかれて、驚く。
「レキ？」
「……」
返事はない。俺にくっついたまま、レキはまだ眠っていた。
なんだ。寝ているのか……

明日は観光もして、名所を見て回りたい。時々寄り道しながら美味しい物を食べて、一緒に写真も撮ろう。

同じ景色を見て、同じ時を過ごす。
こうやって、特別な日を増やしていきたい。

眠っているレキの頭を撫でる。
幸せな気持ちでレキの髪にキスをした。

《END》

あとがき

『魔性のαとナマイキΩ-Be mine ! side R-』単行本下巻をお読みくださり、ありがとうございます。

『Be mine!』を書こうと思ったのは、当時、スランプ気味だったので、いっそ苦手キャラや書いた事のないジャンルに挑戦してみようと思ったのがきっかけでした。オメガバース自体、初めてだったので、設定を決めたり、台詞を考えるのが楽しかったです。
『side R』のテーマはトラウマと受け入れる力。
受けは生意気でα嫌い、対する相手は穏やかで包容力があるタイプ……という事でレキと零士のキャラが生まれました。

レビューやご感想もありがとうございます。
「零士様、頑張れ」というコメントを見つけた時は思わず口元が緩みました。
他のシリーズも読んでくださった方も多いようで本当に嬉しいです。ご感想やキャラへのお褒めのお言葉、幸せな気持ちで拝見させて頂きました。
小説を書いていて、一番嬉しい瞬間です。
是非、お気軽にご感想をくださいませ。

今回もMEGUM先生がイラストを描いてくださいました。
表紙は照れながら笑うレキと、愛しそうに微笑む零士。見ているだけで温かい気持ちになりました！
カラー口絵は、レキから零士に迫るシーンで、余裕のない表情にドキドキ……
夜の海のシーンは、楽しそうな雰囲気が伝わります。

公園のベンチで、レキが抱きつく振りをする場面にもキュンとしました。
お風呂でのバックハグは、嬉しそうな零士に悶えます。
シリーズ三作品とも、MEGUM先生に描いて頂けて、感謝の気持ちでいっぱいです。
MEGUM先生はたくさんの表紙や漫画を手掛けております。是非そちらもご覧ください。

この度、なんと『魔性のαとナマイキΩ-Be mine！side R-』のコミカライズが決まりました!!
連絡を頂いた時はあまりに驚いて、しばらく呆然としていました。
まさかのお話に興奮気味です。

担当はmogu先生です。
少し拝見させて頂いたのですが、レキは喜怒哀楽、どの表情も可愛らしく、零士は信じられない程の美形でした！
魅力的な絵を描かれる先生に担当して貰えて、とても嬉しいです。
今後、エクレア編集部様より詳細等のお知らせがあると思いますので、ツイッター等をチェックしてみてください。
是非たくさんの方に読んで頂きたいです。
どうぞ、よろしくお願い致します！

Be mineシリーズは三部作となっております。
『裏切りαと一途なΩ-Be mine！side N-』（長男ナオト編）
『執着βと恋するΩ-Be mine！side S-』（次男ソナタ編）
電子書籍にて分冊版と単行本で発売中。どちらも完結済みです。

担当編集様を始め、編集部の皆様、デザイナー様、この作品に関わってくださった方々に心より感謝申し上げます。

大変お世話になりました。

初めての紙書籍、コミカライズ、シリーズの中でも思い入れの深い作品となりました。

読者様のお陰で、頂いたお話だと思っております。

本当にありがとうございました！

感謝を込めて。

りょう

エクレア文庫

書店にて好評発売中！

電子書籍ストア人気作品
待望の書籍化！

獅子帝の宦官長
寵愛の嵐に攫われて

ごいち 著／兼守美行 画

● 強引で俺様な皇帝×淫らな宦官
● 許されない身分違いの蜜月。
絶対服従関係のふたりが織りなす、甘く切ない“主従ラブ”

ISBN 978-4-434-31044-7

エクレア文庫をお買い上げいただきありがとうございます。
作品へのご意見・ご感想は右下のQRコードよりお送りくださいませ。
ファンレターにつきましては以下までお願いいたします。

〒162-0822
東京都新宿区下宮比町2-26 KDX飯田橋ビル 5階
株式会社MUGENUP エクレア文庫編集部 気付
「りょう先生」／「MEGUM先生」

エクレア文庫

魔性のαとナマイキΩ -Be mine！sideR-［下］

2022年12月23日　第1刷発行

著者：りょう ©RYO 2022
イラスト：MEGUM

発行人　**伊藤勝悟**
発行所　**株式会社MUGENUP**
〒162-0822 東京都新宿区下宮比町2-26 KDX飯田橋ビル 5階
TEL：03-6265-0808（代表）　FAX：050-3488-9054
発売所　**株式会社星雲社（共同出版社・流通責任出版社）**
〒112-0005 東京都文京区水道1-3-30
TEL：03-3868-3275　FAX：03-3868-6588
印刷所　**株式会社暁印刷**

カバーデザイン◉spoon design（勅使川原克典）
本文デザイン◉五十嵐好明

Printed in Japan
ISBN 978-4-434-31120-8